JOURNAL DE CAMPAGNE (EXTRA-) ORDINAIRE ...OU PAS,

D'UNE CONFINEE EN 2020

Kattycha Mot

JOURNAL DE CAMPAGNE (EXTRA-) ORDINAIRE ...OU PAS,

D'UNE CONFINEE EN 2020

Roman personnel

Mentions légales

© 2023 Kattycha Mot

Édition : BoD – Books on Demand, info@bod.fr
Impression : BoD – Books on Demand, In de Tarpen 42,
Norderstedt (Allemagne)

Impression à la demande

Illustration : XXX

ISBN : 978-2-3224-8016-6
Dépôt légal : Mai 2023

Merci à Claudie et Nadège pour le chemin tracé,

Merci aussi à mes premiers lecteurs : Gisèle, Odile, Sarah et Adrien

Il s'appelait Covid, 19ᵉᵐᵉ du nom !

Il semblait fier et sûr de lui, un vrai guerrier. Un peu comme Attila, il se disait que rien ne l'arrêterait. Il est parti d'orient où il y avait pris ses aises pendant quelques mois. Nous, on regardait ça, égoïstement, presque insensibles : c'est de l'autre côté de la terre… Loin.

« - C'est où déjà ? Ah, oui, en Chine. Je te l'avais dit : c'est loin. »

Ce n'était pas notre souci majeur, nous étions voyeuristes en commentant ces images issues des réseaux d'informations :

« - De toute façon, ils mangent de drôles de choses. Ça devait leur arriver, ils n'ont pas d'hygiène…. »

Pendant ce temps-là, Lui, Covid il s'amusait bien. Il les rendait malades, frappant au hasard les riches-les pauvres, les jeunes– les vieux…les vieux….

« - Ils doivent se débarrasser de leurs aînés, ce sont les plus de 60 ans qui meurent. Tu vois bien, les gosses, ça va ! »

Heureusement et bizarrement (pour tous les avides de « fake news »), les enfants semblaient épargnés.

Mais non, ça n'allait pas ! Il fallait ouvrir les yeux, écouter leur complainte, c'était du sérieux : des milliers de contaminés, des morts, des hôpitaux construits en quelques heures. Et puis des masques, des visages emprisonnés, et des regards qui semblaient désemparés.

Qu'est-ce que tu veux Covid ? Dis-le nous.

Je voudrais parler de Toi au passé, mais au Jour 2 du confinement en France, Tu es là…encore là.

Tu continues de chevaucher par-dessus nos frontières, au-delà des océans, comme porté par on ne sait quel vent funeste. Tu te moques bien de ces murs invisibles, que chaque pays continue d'ériger. Tu as semé tes graines de la discorde, tel un laboureur sournois :

« - Ce n'est pas grave, à peine plus qu'une grippette. De toute façon, ça ne viendra pas chez nous. Et puis, nous sommes prêts, mieux organisés que les autres ! »

Tu sais Covid19, tu es moche. Une drôle de tête avec des boutons d'acné qui fleurissent sur tes joues. En fait, le 19 c'est ton âge, pas ton ordre dans la lignée. Tu n'es qu'un ado arrogant et mal poli. Tu entres dans nos vies, sans crier gare, sans dire bonjour. Tu nous méprises. Est-ce parce qu'on t'a traité « d'étranger » ? Je vois bien le sourire narquois, que tu montres sur ton passage. Certains pensent que c'est un rire amical, mais non, il est sardonique. Tu es enjôleur, tu nous laisses flirter avec toi. Tu es tapi et attrapes dans ton filet le premier chaland qui passe. Tu as raison de rire sous cape, même aujourd'hui il y a encore trop de prétendants qui tournent autour de Toi.

« - Je ne vais pas me laisser interdire de sortir. Je peux toujours leur dire que je vais au travail ou faire des courses, comment veux-tu qu'ils vérifient ? Et puis moi, je ne suis pas malade… »

Mais oui, c'est ça que tu aimes : tu nous envoûtes, tel un cobra, et on reste sous ton charme pendant 15 jours. Puis ton venin commence alors à s'insinuer dans nos corps, nous laissant sans voix, impuissants, dépassés, parfois avec des regrets de n'avoir pas su écouter les consignes. Tu vas même jusqu'à déposer ta semence sur les uns et les autres. « Les porteurs sains », ils feront tout le boulot à ta place. Quel hypocrite, un brin faignant ! Mais je te le reconnais : efficace.   Covid, tu es l'ennemi de l'humanité.

Une Magicienne m'a dit que dans des vies antérieures, j'avais été un guerrier. Alors, je te dis STOP ! Laisse nous tranquille. On n'aime pas les personnes étranges qui entrent sans frapper, les indifférents au bonheur, les méchants croque mitaines qui réveillent nos terreurs nocturnes d'enfants.

-Même si je suis seule, je vais lutter contre les idées noires que tu insuffles dans nos esprits.

-Même si chaque matin, tu me prends mon mari qui va travailler. Tu m'adresses un clin d'œil facétieusement morbide.

-Même, si je l'avoue, j'ai peur de Toi et je ne te fais pas confiance. Je vais lutter à ma façon. Je vais tout ranger, trier, classer, jeter, donner… ah non, pas de contact... plus tard. Nettoyer tout du sol au plafond, ne pas écouter les infos en continu, j'irai même couper l'herbe du jardin avec une paire de ciseaux s'il le fallait ; mais tu n'auras pas ma tête !

Nouchka, l'amie de plusieurs décennies, me dit souvent :

-« Tu devrais écrire, tu le fais si bien ☺ ». Si tu m'as menti, tant pis pour mes éventuels lecteurs ; sinon merci d'avoir allumé en moi cette flamme. D'ailleurs, Le Destin a soufflé sur les braises en me faisant écouter à la radio cette psy qui conseillait, afin de diminuer son anxiété, de « faire des choses » comme « écrire ».

Gilbert Bécaud me chante : « Et maintenant, que vais-je faire, de tout ce temps… ». Alors, j'ai fait ces choses : ranger, classer, nettoyer… et maintenant, pendant que Nouchka affronte des pentes insensées sur son vélo de salon, je vais prendre la plume. Non pas comme mes ancêtres, je vais tapoter sur des touches pour que mes pensées donnent de la vie et de l'amour aux mots, en tâchant de chasser mes maux.

JOUR1. Midi, j'ai faim. Je mange, en regardant le reporter interviewer ces Parisiens sur le trottoir, le matin même :

« - Que faites-vous avec ces valises que vous chargez dans votre véhicule ?

- Nous quittons la capitale. Nous allons en province, ce sera plus facile à vivre ce confinement.

-Vous n'avez pas peur de transporter avec vous le virus ?

-(rires) »

Qu'est-ce que vous ne comprenez pas dans les mots « restez chez-vous » ? Vous faut-il un ORDRE ?

Les Chinois sont en liesse car ils peuvent enfin reprendre une vie « normale » et qu'il n'y a pas de nouveaux cas. Mais ils l'avaient respecté ce confinement. Eux, peut-être par peur, et nous ? La compassion pour nos proches, nos amis, nos voisins…notre propre vie, les as-tu fait disparaitre de nos cœurs Covid ? As-tu embrumé nos esprits à ce point ? Rigole, va…

JOUR2. Qui le croirait, je trouve des choses vraiment sympas à faire : j'ai nettoyé avec un coton tige le clavier de l'ordinateur ! Les petits bâtons ont trouvé une seconde jeunesse. Heureux de se rendre utiles, en sortant de leur boite, pour se gorger d'alcool. Les touches me renvoient des effluves au moment où je tape ces mots. J'en avais presque oublié qu'il était beaucoup plus brillant ainsi. J'ai pris du temps, en l'astiquant, pour lui dire combien je voulais qu'il soit au mieux de sa forme, pour me suivre au fil de ces lignes.

Le Destin m'a encore lancé une œillade ce matin : je faisais les vitres sur une playlist entrainante de Coldplay. En plein milieu de celle-ci, quelques notes m'ont fait marquer un temps d'arrêt…ce n'est pas Coldplay, c'est U2…Puis Bono s'est mis à chanter pour me dire « (Cathy n'oublie pas), It's a beautiful day. » Après cela, Chris Martin est revenu pour m'entrainer dans des chorégraphies improbables, mon chiffon à la main.

J'ai préparé mes pots en plastique.

JOUR3. Cela fait le deuxième jour que Jacques Dutronc me chuchote à l'oreille « il est 5 heure, faut qu'tu t'réveilles. » Je devrais peut-être diminuer le thé et passer à la camomille.

Monsieur Le Président de la République nous a affirmé :

« - Il y aura un Avant et un Après virus. C'est la Guerre. Soyons tous solidaires. »

L'Avant, je l'ai observé au fil des mois et il a réveillé en moi, comme la psy l'a dit à la radio, des « peurs ancestrales », irraisonnées et incontrôlées. C'est vrai que je me souviens de ces soirées où, enfants, on écoutait nos parents, grands-parents, raconter « des choses » de la guerre. Comme l'histoire de Louis Klein qui en 14-18 a traversé, en plein hiver, la forêt, le poumon transpercé par une balle ennemie, pour aller chercher de l'aide. Où bien, celle de mon grand-père, beau comme un esthète dans son uniforme militaire, assis sur son cheval ; mais vite fait prisonnier par les allemands et séparé de ses proches. Et encore, lorsque mon père nous racontait combien il était content de manger du rat d'égout à Paris, pendant la seconde guerre. Alors c'est vrai, j'ai commencé à faire des achats alimentaires « en vue de ». Je l'ai fait tranquillement, sereinement comme pour mon stock d'huiles essentielles que j'ai renouvelé. J'ai établi mon plan de bataille, car je ne te faisais pas confiance Covid. Même Nouchka avait prévu les masques et le gel, faisant sourire certains, contents aujourd'hui de la trouver. Elle aussi scrutait ton regard, pour essayer de deviner quel plan machiavélique tu pouvais fomenter.

Alors oui, il y a eu un Avant. Le temps d'Avant où je faisais des papouilles et des câlins à mes proches, à mes amies. Et Après…que vais-je faire de ces marques d'affection qui m'encombrent le cœur et que je veux partager ? Le temps effacera-t-il mes doutes et mes craintes ? Surement, mais il nous en faudra « du temps » pour revivre, Après, mais pas comme Avant.

Entre temps, il y a Maintenant. Nouchka pédale et franchit des étapes phénoménales. Titoun, lui, part tous les matins accomplir son devoir de fonctionnaire, pour « servir la nation » et permettre aux personnes qui n'ont qu'un livret, de pouvoir retirer l'argent qui leur est nécessaire pour avancer vers Après. Je le regarde partir chaque matin avec inquiétude et lorsqu'il rentre exténué nerveusement, je l'observe du coin de l'œil, inquisitrice…malade, pas malade ? Covid, est-ce Toi perché sur son épaule ? Hier soir, il est rentré dépité : il a dû renvoyer chez eux deux collaborateurs. Un, parce que son fils est un cas « soupçonné » ; l'autre, parce que son frère est un cas « avéré ». Le pharmacien d'en face est obligé de distribuer les médicaments au travers des grilles de sa porte, pour éviter les violences, car il commence à « manquer ». Les masques sont seulement arrivés hier au bureau, pas le gel.

Mais que faites-vous ? Êtes-vous à ce point inconscients ou égoïstes, comme toutes ces personnes qui circulent inutilement dans les rues ? Ou bien est-ce Toi Covid, qui, par je ne sais quel philtre d'amour, les a envoutés pour qu'ils te facilitent la tâche ? Je te vois venir, tu essaies de me voler mon mari. Tu lui empoisonnes la vie et il change. Hier soir, il a même accepté les cachets à base de plantes pour dormir, en me déclarant :

« Bon, désormais, je vais éviter de m'approcher trop près de toi. »

Mais je ne te laisserai pas faire, il est à moi. De toute façon, je suis sûre que tu ne fais pas des crêpes aussi gourmandes que les miennes. Donc le réconfort, c'est auprès de moi qu'il l'aura.

J'ai utilisé mes pots en plastique.

Je vais donner la vie. J'ai semé dans mes godets des graines de courgettes. Je les ai déposées à trois, par solidarité, dans un lit de terre chaleureux. Je les ai installées confortablement derrière la vitre, et maintenant je vais veiller sur elles. Covid, tu devrais essayer le jardinage, tu verrais comme c'est bien plus intéressant de donner la vie, que de la prendre.

…..It's a beautiful day….

J'ai préparé mon filet d'oranges.

JOUR4. Ce matin, Dutronc ne m'a rien chanté, j'ai pu faire la grasse matinée jusqu'à 6 heures. Pourtant, j'avais vérifié à 2 heures du matin que je lui avais laissé la porte ouverte…Oui Covid, tu peux te réjouir, tu perturbes mon sommeil…Mais je travaille aussi dessus.

Hier soir au journal télédiffusé, le présentateur montrait des initiatives de certains chanteurs, pour que le monde entier reste solidaire. En fond d'écran, pendant son annonce, deux groupes affichés : Colplay et ….U2 ! Encore eux ! Mr Destin est passé à la télévision.

Parmi mes nombreuses occupations utiles et inutiles (la pendule est contente, ça lui fait des vacances), j'ai trié les poches en plastiques que j'ai séparées des poches en papier. TRIER….

Toujours aux infos télévisées, le journaliste :

« - Pourquoi pleurez-vous ? »

Le médecin Italien :

« - Parce que je dois TRIER les malades que je vais essayer de sauver, de ceux que je vais laisser mourir »

Un des collaborateur de Titoun renvoyé chez lui est malade : toux, fièvre….On ne peut pas savoir si c'est Toi Covid, le médecin n'a pas de kit de dépistage. Donc, cela fait 2 jours que ses collègues poursuivent leurs activités personnelles et laborieuses, sans savoir…Bravo Covid, belle stratégie, tu volettes au-dessus de tous, avant de fondre sur tes proies. Mon mari, « en cas », se tient de plus en plus éloigné de moi. Il ne veut pas partager tes caresses sournoises car, lui, il m'aime. Il m'a avoué que le climat lourd et pesant de suspicion s'est intensifié au bureau : on s'observe, on épie le moindre raclement de gorge. Je guette aussi mes voisins, avec toute ma bienveillance, afin de voir si les volets s'ouvrent quotidiennement. Mon homme, lui aussi bienveillant, a trouvé du gel chez un droguiste qui en a acheté mille litres à une usine et le revend aux particuliers ; le pharmacien, lui, ne peut plus en avoir.

« - Dis Monsieur le Président de la République, dessine-moi un Après de notre système de santé. »

Vois-tu cette désorganisation ? Entends-tu réellement la souffrance de nos médecins et nos infirmières ? Est-ce que Après, on pourrait ne plus raisonner qu'en terme « de fric », mais remettre les choses en perspectives : le plus important dans la vie, quel que soit ton statut social, c'est la santé ! D'ailleurs, Covid nous a déjà présenté son cousin. Mais oui, celui que nous ne voulons pas entendre, ni voir…Aide-moi Monsieur, tu le connais... Zut, c'est quoi son nom déjà ? Oui, ça me revient : Changement Climatique. Aussi charmant et sournois que Covid19.

J'ai utilisé mon filet d'oranges.

J'ai fabriqué avec un filet, qui contenait des agrumes, un tawashi. Tu sais, ces petites éponges maison qui grattent sans rayer. Je suis trop contente. Vivement la prochaine vaisselle que je la teste.

Les câlins me manquent. Pas seulement les physiques, les verbaux aussi. Je saisi le moindre SMS ami pour ne pas répondre et téléphoner à son expéditeur. Tu sais copine, j'aime entendre ta voix ; dis-moi, est-ce un rire que je viens de provoquer ? Je vais instaurer ma routine : une fois par semaine, je vais me faire une playlist de copinettes à contacter, ainsi je pourrai leur envoyer tout mon amour.

Quatre kilomètres deux cent soixante-six, parcourus sur mon vélo d'appartement.

Hier, je me suis demandée ce que Tsultim, maitre Qi Gong, pourrait nous dire en cette période, avec son sourire illuminé de compassion. Comme je n'avais pas la réponse, j'ai tenté de me rapprocher de lui et sa sagesse, en pratiquant. Quel bienfait, quelle paix intérieure. J'ai nourri mon corps et mon esprit avec Amour et Bienveillance. Je respecte cette enveloppe charnelle qui me permet de vivre de merveilleux instants ici-bas.

Mais aujourd'hui, mon regard s'est arrêté sur le portail. J'ai senti l'appel de la liberté qui me susurrait :

« - Vas-y, saute. Passe par-dessus, fuis cette inactivité qui ne t'est pas habituelle. »

Alors je me suis préparée : le jogging, les tennis, l'eau, le podomètre… et puis : le gel, le masque, l'autorisation de sortie. En attendant que le portail s'ouvre, Johnny me chantait « les portes du pénitencier… » A gauche ou à droite, moment d'hésitation vite gommé par mon désir de savourer ces instants. C'est le printemps aujourd'hui, le soleil brille, les oiseaux peuvent se faire entendre sans être couverts par le bruit des voitures. Tous les matins Radio France Bleu Pays Basque nous passe le bruit des vagues, c'est vrai que c'est beau.

Amusant, ou pas, de voir tous ces promeneurs qui, te voyant arriver de loin, changent de trottoir. Ou encore ce monsieur dans son jardin qui passait le rotofil, que j'ai pétrifié et m'a suivi du regard comme si je venais de débarquer d'un monde incongru. Dans le temps d'Avant, on se saluait.

Dis-moi Mr Destin, encore un clin d'œil ? Tu me les envoies pour que je reste alerte ? En tout cas, j'ai bien reçu celui-ci : j'étais sur deux conversations Whatsapp en même temps, Nouchka et les Z'amis. Le même conseil m'est arrivé simultanément : « Cathy, tu n'as qu'à boire ! ». Alors ce soir, je serai disciplinée, je bois un verre.

J'ai préparé mes outils de jardin.

JOUR5. Tiens, il fait très clair dehors, ce doit être l'aurore. Je me lève... 1h52… Non, ce sont juste mes voisins qui font une offrande à Changement Climatique, en lui laissant les projecteurs extérieurs allumés toute la nuit.

Aujourd'hui, Tawashi 1ère a fait son baptême de plongée. Elle semblait heureuse de me seconder dans cette vaisselle. Elle voulait vraiment y mettre du sien, avec souplesse, réussir sa mission : récurer et résister. Je suis fière d'elle. Elle est sortie intacte et mes casseroles aussi.

J'ai profité de ce « temps libre » pour réaliser une recette, que j'apprécie beaucoup. Je ne la fais jamais, car trop longue à mon goût et nécessitant trop de plats. Nous avons mangé des « croquettes jambon-fromage. » Merci Covid pour ce succulent repas qui nous a réunis Titoun et moi, seuls, autour de la table.

J'ai utilisé mes outils de jardin.

Soleil, printemps, graines…je te laisse deviner…encore des bébés en prévision. Papa Titoun et Maman Moi avons labouré, désherbé, planté, arrosé… le tout avec Affection et Magnanimité. Ainsi, la Terre Mère nourricière nous donnera peut-être la joie d'assister à de nombreuses naissances. Un peu comme ces résidences secondaires, qui ont vu leurs volets éclore depuis une semaine.

Dans la journée d'hier plus de 400 nouveaux morts en Italie. Là, tu exagères Covid ; ce n'est pas possible, calme toi. Faut-il qu'à toi aussi, on donne un ordre pour que tu obéisses ? J'ai peur pour toutes ces personnes en France qui sont « réfractaires au confinement » et « désobéissent aux règles » en sortant sans raison. Pourquoi ? Ouvrez les yeux et les oreilles, nul n'est invincible fasse à la maladie. Voyez-vous ces médecins qui sont obligés de choisir lors du « tri » et voir combien ça leur brise le cœur ? Vous n'avez pas le droit de nous entrainer dans votre prise de risques, au nom de je ne sais quelle manifestation d'une rébellion qui vous est propre. Nous sommes tous embarqués dans cette galère et pour avancer, faisons-le ensemble.

J'ai préparé mon papier kraft.

JOUR6. Je dédie cette journée à Saint Michel l'Archange, avec qui j'entretiens une relation de grande affection. Cela fait déjà quelques années que je fais « appel » à lui pour la protection de l'enveloppe de nos auras. Oui, je suis agnostique, mais je reste persuadée qu'il y a quelque chose, quelque part. Est-ce Mr Destin qui m'envoie un signe à ce sujet, ou est-ce que mon esprit commence à vaciller ? J'ai lu qu'il existe une ligne qui unit les 7 sanctuaires, qui lui sont dédiés de par le monde. Je lui ai consacré une de mes peintures, qui trône à nos côtés. J'ai conservé aussi la photo de Lui prise dans une église d'Oviedo, où sa statue brille clairement, comme pour m'envoyer un signe.

Hier, il y a eu plus de 800 morts en Italie, le double de la veille. Aujourd'hui mon fils cadet se sent patraque et craint pour sa santé. Devant ces frayeurs que tu insuffles dans nos corps et nos esprits, où le monde entier se sent impuissant, épuisé … j'espère Covid que tu trouveras sur ton chemin Saint Michel et que son glaive, qui est aussi notre glaive, te transpercera et triomphera de Toi. Je crois en Lui. Cette guerre que tu nous obliges à mener ne le sera pas avec des Hommes en kaki, mais des Hommes en blanc.

J'ai utilisé mon papier kraft.

Bon anniversaire mon fils aîné. J'ai emballé ton cadeau dans un papier kraft et j'attends de pouvoir te l'offrir. J'ai pris du temps pour rendre cet emballage agréable. Je l'ai décoré avec mes pinceaux aux couleurs de ton insecte fétiche, la coccinelle. J'ai posé cette « demoiselle » dessinée, dans le jardin. Comme libérée, « cette petite bête à bon dieu » semblait joyeuse et heureuse de se retrouver au milieu des pâquerettes. Je t'ai envoyé une photo. Mais j'attends surtout de pouvoir te prendre dans mes bras et me blottir dans les tiens. Je t'aime. Sois prudent.

J'ai préparé ma pince à déclouter.

JOUR7. …..3h47… depuis le 37.8° de mon petit hier soir, je suis en grande conversations avec Toi Saint Michel, mon ami et protecteur. J'attends le matin avec impatience et angoisse pour savoir…

Je relis le titre du journal Sud Ouest du 23 janvier qui disait : « Virus chinois, la menace est-elle réelle ? » Devine ? Covid le virus devenu « multi nationalités ». Notre confinement à la légère, le non dépistage systématique (cela coûterait-il trop cher ?), quels seront les titres des journaux dans un mois ? Comme en Italie : « Hier, encore des centaines de morts » ? ou comme en Corée du Sud ou en Chine : « #Restezchezvous et dépistages ralentissent la propagation » ? En Chine, à Wuhan, 56 millions d'habitants. La population est dépistée. Les malades ont été isolés dans un stade, les personnes en contact, dans des hôtels… trois mois pour contenir Covid. « On s'était dit rendez-vous dans dix ans… », merci Patrick Bruel pour cette lueur d'espoir.

Finalement, 37.8°. Pas de fièvre, toujours patraque… pollen, petit coup de froid ou de blues ? Sinon, merci Saint Michel.

Avec le télétravail et le temps libre des confinés, les nouvelles technologies ne répondent plus. La vie se ralentit aussi de ce côté-ci.

J'ai utilisé ma pince à déclouter.

J'ai utilisé ma pince pour dépecer des cagettes. Super fun, je sais. Mais au soleil, à l'extérieur, avec ce sentiment de bien-être, d'œuvrer pour ma planète…Ces petits cageots qui transportent nos fruits et légumes finissent souvent mal. Donc en les désossant, j'en fais du petit bois pour allumer le feu. Vous devez vous dire : « ça y est, on l'a perdue. » Mais si vous saviez le calme que cela m'a procuré, vous vous tiendriez assis à mes côtés. Lorsque l'on confine, on peut se morfondre ; alors faisons des choses folles, atypiques, inutiles… mais relaxantes pour nos esprits.

J'ai préparé mes outils de garagiste.

JOUR8. ....3h30, cela fait un moment que je suis éveillée et ne retrouve pas le sommeil. Alors je me lève et vais boire un verre de lait, il parait que ça aide à l'endormissement. Retour aux côtés de ma soufflerie. Il dort bien et cela me rassure de « l'écouter. » Son contact me manque, alors je glisse un pied contre le sien et m'en contente avec bonheur. Puis, je me cale sur sa respiration berçante pour me rendormir.

Plus de 1000 morts en Italie hier. Il parait que notre courbe de malades est calée sur la leur et que nous ne sommes pas encore dans le pic de la maladie. Il a été décidé pour la région Aquitaine (quid des autres) de ne plus donner de chiffres de malades par départements chaque jour, mais une fois par semaine. Serait-ce que l'avenir va vraiment devenir comparable à celui de nos voisins latins ? Les premiers médecins français sont décédés. Quelqu'un a-t-il un truc pour mettre une raclée à cet imbécile de Covid ? Les infos et leurs contraires ne cessent de nous plonger dans un doute grandissant : combien de temps vit le virus, selon les surfaces, laver les vêtements à 60°, durée de vie d'un masque (quand on arrive à en avoir), ce médicament ou celui-ci.... Il parait, il semblerait, on pense que, mais rien n'est sûr.... Même si on nous dit : « on va gérer », parfois le doute nous atteint et ce, légitimement. J'ai eu au téléphone (de ma playlist) une copinette qui me disait que son mari et elle, n'étaient pas sortis, bien avant le confinement. Elle a développé une phobie du nettoyage et passe plus de temps à tout désinfecter. De plus, son mari et elle font chambre à part, de peur d'être porteurs. Alors je m'interroge : certes les habitudes et la routine que l'on installe peuvent être rassurants et nous placer dans un cocon ; mais n'allons- nous pas devenir taciturnes ? Est-ce que quand l'Après sera là, on pourra repartager la couche nuptiale ? On peut vivre sans sexe, pas sans Amour. Faisons-nous cela par

instinct de survie ou tout simplement parce qu'on L'aime ?
Titoun dit :

« - Cette période de confinement sera un test pour bon nombre de couples : soit on divorce, soit on fait des bébés. »

Cela ne me convient pas de vivre ainsi. Je veux « exister », dangereusement en faisant chaque jour des choses différentes, inédites qui m'obligent à garder mon esprit en éveil et me donnent l'impression de partir pour de nouvelles aventures. Par contre, je vous le confesse, j'ai une petite routine depuis le confinement : chaque soir, dans notre chambre, j'utilise le diffuseur d'huiles essentielles, avec un mélange « anti-virus »… Pardonnez-moi car j'ai pêché.

J'ai utilisé mes outils de garagiste.

J'ai réparé le vélo d'appartement qui présentait quelques dysfonctionnements. Il est en état de marche… de rouler serait plus approprié. Je l'ai mis devant la télévision et je pédale devant une série (j'avoue ce n'est pas mon fort la bicyclette enfermée). Tranquillement, j'ai avalé mes 10 kilomètres, force 1, pour ne pas me faire des cuisses de poursuiteuses. Nouchka est déjà loin devant.

« - Attends-moi copine, j'arrive. Rendez-vous Après »

J'ai préparé ma cuillère à soupe.

JOUR9. ….22 heures et quelques moutons, jusqu'à 6 heures et quelques piaillements d'oiseaux plus tard… Youpi, une nuit complète ; je progresse Covid, je progresse.

Hier je suis allée à la pharmacie, afin de remplacer le thermomètre cassé par mon cadet. Les personnes qui faisaient la queue respectaient bien les distances, le personnel avait des masques et des gants. Malheureusement, pour payer par carte bleue (ma somme dépassant le « sans contact ») il a fallu que je tape mon code… sur un terminal non désinfecté entre chaque client. No comment ! (en anglais dans le texte:aucun commentaire)

Finalement, mon petit est allé chez le médecin car ses symptômes persistaient. D'après le médecin, ce serait bien Toi ; mais comme on ne fait pas de test en France, uniquement pour les cas graves, on est en attente et spectateur. Dis-moi Covid, je t'avais demandé de laisser mon mari tranquille et tu rentres chez moi, sans permission, pour t'attaquer à la chair de ma chair. Espèce de sournois, fais attention, une mère blessée est très dangereuse.

J'ai utilisé ma cuillère à soupe.

J'avais remarqué que quelques mauvaises herbes poussaient au travers des grilles des rigoles, évacuant les eaux pluviales. Nettoyage de printemps oblige, je les ai ouvertes pour les nettoyer. J'y ai trouvé une vie grouillante de petits insectes, et vers de terre heureux de cette terre accumulée dans ces boulevards. Alors pour bien occuper mon temps, j'ai ôté la terre avec une cuillère et transporté les lombrics dans le jardin. Travail bien fait, mais pas vite fait !

Une de mes copine de la playlist n'a pas répondu à mon appel et ne m'a pas encore rappelée… Pourvu que…

J'ai préparé mon rouleau de sopalin.

JOUR11. …. 3h48…. ce n'est pas moi, c'est Titoun qui m'a réveillé. Le souci de bien faire dans sa mission de fonctionnaire le perturbe, surtout lorsque l'on manage des Personnes. Les peurs exacerbent les réactions négatives et les solutions viennent parfois nous titiller la nuit. De plus, l'état de notre petit nous inquiète, il a fallu se mettre en colère pour qu'il accepte de « s'empoisonner » avec les antibiotiques…. « petit, petits soucis ; grand, grands soucis », mais nos enfants, aussi adultes soient-ils resteront toujours nos bébés d'Amour.

Nous avons dépassé les mille morts en France. Notre courbe de décès en « Même Période Evolution » a dépassé celle de la Chine (adepte du confinement strict). L'Italie étant désormais le pays le plus touché, avec une augmentation inquiétante de l'Espagne (adepte d'un confinement moins strict). L'Allemagne, qui préfère le dépistage systématique, ne compte que 171 morts (chiffres au 25/03). Comme le disait un philosophe (dont j'ai oublié le nom) aux informations :

« - Après ce sera différent, forcément, mais il nous faudra en tirer des enseignements. »

(« - Dis Monsieur le Président de la République, dessine-moi un Après de notre système de santé »

« -Dis Monsieur le Président, montre-moi ton dessin »

« -Tu vas revaloriser les carrières à l'hôpital et du système de santé ?! N'oublie pas d'y mettre des couleurs : donne-leur du personnel. »)

Ma copinette m'a rappelée, elle n'avait pas vu mon message…Les choses prennent des dimensions surnaturelles en cette période. La preuve, c'est que je m'adresse à ceux qui sont de l'autre côté de la page pour m'épancher. Ou plutôt « partager ». La Magicienne m'a dit que j'étais très attachée à la communication. Autant dans ma compréhension des autres, que dans mes échanges avec eux. Finalement, je m'aperçois que je prends du plaisir à noircir ces pages et pas en pleurnichant, mais en construisant un édifice qui sera, pour moi, pour nous (?) comme un phare dans la brume. Le confinement ne doit pas concerner l'esprit, soyons libres dans nos têtes. Les mots virevoltent comme une envolée de papillons…. et la richesse de notre langue permet d'envoyer des messages d'amour, de diverses façons et à tous vents.

Covid, j'ai une grande nouvelle à t'annoncer : je vais être maman ! Certaines de mes petites graines ont germé, happées par le soleil généreux qui les réchauffe derrière la baie vitrée. Je suis très heureuse. J'ai sauté de joie car je ne les attendais pas aussi tôt. Tu devrais songer à changer de camp, reviens à la raison et va t'enfermer dans une caverne profonde.

J'ai utilisé mon rouleau de sopalin.

J'ai pris soin de dérouler les feuilles, les plier en deux, une par une, et les ranger bien à plat dans une boite dévidoir. Cela me facilitera la prise en main en cas de besoin. Trop cool cette activité manuelle !

J'ai préparé mon œuf.

JOUR12. Premier moustique cette nuit…il faisait au moins 1 cm de long. Après Covid19, le ChiKungunya ? Une vraie réunion de famille. Tu vas arrêter d'inviter tes amis, c'est bon : le monde est perturbé grâce à Toi (pour moi ce sera « à cause »). Alors jubile et contente-toi de cela. Tu sais qu'une prochaine insulte pourrait-être : « espèce de Covid !»

Titoun va rester avec moi pendant quinze jours. Suite à une autre suspicion, son bureau est fermé. Il va pourvoir poser son esprit et laisser son stress à la porte d'entrée. Surtout qu'il va être papa : les courgettes sont nées aussi.

On nous assomme de courbes et de graphiques à n'en plus finir sur les réseaux d'informations, c'est plus « parlant ». Alors, tu sais Covid, il y a des diagrammes intéressants à commenter et pour lesquels nous pouvons te remercier :

-les chiffres de morts dans un accident de la route et celui des cambriolages ont baissé. Ce qui laisse aux pompiers et policiers, le temps de se recentrer sur l'essentiel du moment.

-le nombre d'appels à SOS Amitié a augmenté. Cela a un côté très positif, puisque les personnes qui appellent ont le courage de le faire et que, à leur écoute, se trouvent aussi des gens formidables dont on parle peu en temps « normal ».

J'ai utilisé mon œuf.

En fait, il est en bois. Je l'ai trouvé dans la boite à couture de ma grand-mère. Celle qui s'ouvre en se dépliant sur plusieurs étages, un peu comme un coffre aux trésors qui te réserve de jolies surprises. Au milieu de pleins de jolies choses, dont je pourrais faire un poème à la Prévert, j'ai reconnu cette sphère de bois que, enfant, j'avais vu mon aïeule utiliser. Ainsi, j'ai reprisé. Une chaussette, un trou. Mais quel trou : un gouffre pour une paire de chaussette préférée ! J'ai bravé tous les aprioris qui me disaient de la jeter et j'en suis venue à bout. Les pieds qui se glisseront à nouveau à l'intérieur n'y verront que du feu.

Mon petit est retourné chez le médecin car des symptômes pénibles sont survenus. Dans son cas, puisque Covid tu te déguises sous plusieurs aspects, les douleurs intercostales, le manque d'air (capacité pulmonaire réduite à 40%), la fatigue intense... sont à surveiller. Il semblerait que le pic des manifestations se situe autour de 5 à 6 jours. Donc il doit passer le week-end, et à revoir lundi.

Journée bizarre, ce mélange de sensations peur-joie, angoisse-soulagement... cela exacerbe aussi le ressenti de notre corps, un peu comme si on écoutait chaque cellule s'exprimer. J'ai reçu pleins de SMS et d'appels de copinettes. J'en ai donné aussi. Mais ce qui m'a surprise et touchée, ce sont ceux des personnes qui ne sont pas sur ma playlist. Le monde solidaire s'élargit.

« It's a beautiful day »

J'ai préparé mon livre de cuisine.

JOUR13. Encore plus de mille morts en une journée, en Italie. Zut et crotte, t'es vraiment lourdingue Covid ! Fiche-leur la paix ! C'est bon, tu as assez joué avec eux ! Lâche l'affaire !

Du coup, notre confinement est prolongé jusqu'au 15 avril. Je vais remplir encore quelques lignes ☺ . Dans certaines petites villes, ils ont vu des animaux sauvages circuler dans les rues. Ce matin, dans le jardin il y avait un gros chat, qui traine régulièrement dans le quartier. D'habitude, lorsque j'ouvre la fenêtre, il s'échappe. Et là pas du tout, nous avons eu une conversation intéressante : il est venu jusqu'à moi, m'a montré son grand intérêt en se frottant partout, il m'a lancé un œil langoureux ou était-ce moqueur ? La nature reprend quelques droits. Ce confinement planétaire lui offre des instants de répit, comme un jeun climatique. Les satellites nous transmettent des images de la diminution, plus que visible, de la pollution sur la Terre.

Je n'ai pas utilisé mon livre de cuisine.

En fait, j'essaie d'accommoder de différentes façons les ingrédients, que j'ai en ce moment à ma disposition. Et finalement, je me suis postée dans ma tête (attention danger), dans mes souvenirs olfactifs et gustatifs. J'ai toujours eu un odorat très développé. Je range donc les odeurs, que j'associe à un goût, dans une grande armoire à tiroirs qui siège quelque part dans mon cerveau. Ensuite, je pense aux ingrédients et je les marie ensemble, comme dans un grand chaudron mémoriel. Le résultat que je reçois est comme une sensation sur ma langue : je sais le goût que cela va avoir. Il y avait longtemps que je n'avais pas utilisé cette partie de mes méninges, plongée dans la facilité de consommation et la simplicité d'acheter. Merci Covid.

J'ai préparé mon scrabble.

JOUR14. Changement d'heure cette nuit, nous sommes passés à l'heure d'été, en perdant 1 heure. Bizarrement, personne n'a râlé, comme à l'habitude.

Les courbes continuent d'évoluer. Avec le recul, on s'aperçoit que les pays, qui ont imposé un confinement strict et/ou un dépistage systématique, restent les moins impactés par la pandémie : moins de malades, moins de morts. La France a commandé à la Chine des masques. Elle va multiplier les dépistages. N'est-ce pas trop tard ? Les prochains diagrammes parleront. Le confinement ne devrait-il pas être durci ? Il faut corriger une donnée : ce n'est pas une « distanciation sociale » que nous vivons, c'est une « distanciation physique ». La solidarité et la sociabilité peuvent se faire de tellement de façons de nos jours. Utilisons tous les moyens modernes pour prendre soin les uns des autres. Revenons à un Amour et une Amitié simples, sincères et prenons ce temps accordé pour nous recentrer. Je vous Aime. Je continuerai à chercher en chacun, la lumière ardente de cet Amour qui sommeille. Il se peut que nous changions Après et redécouvrions le plaisir des choses simples. Commençons, Maintenant. Vivons ce confinement avec une sérénité qui sera douce à notre corps. Tous les jours, lorsque je prends ma douche, j'augmente délicatement la température de l'eau. Je profite de cet instant de pleine conscience, pour vivre avec béatitude ce bienfait de la chaleur sur ma peau. Alors, soyons présents et contentons-nous de Vivre.

J'ai utilisé mon scrabble.

Merci copinette qui m'a dit qu'elle jouait chaque jour en ligne, avec une amie. Alors j'ai ressorti mon jeu, mon dictionnaire et mon Bescherelle. Nous avons fait une partie avec Titoun. Dur, dur de ce remettre en selle. Je vais apprendre par cœur les mots de 2 et 3 lettres pour les prochaines parties, car il veut prendre sa revanche…

Mon petit poursuit son chemin avec toi Covid. Ni mieux, ni mal. Heureusement, il ne vit pas seul. Son amie est dynamique, positive et n'est pas tombée malade.

Situation Ubuesque devant mon portail cet après-midi : deux mamans accompagnées d'enfants se sont croisées. Comme elles se connaissaient, elles ont entamé une conversation en gardant une belle distance de sécurité. Mais pas leurs progénitures, qui heureux de se retrouver, ont joué ensemble, pendant les dix minutes de l'échange et ont allègrement réduit la distance et le confinement.

« - Salut comment tu t'appelles ?

- Moi c'est Porteur Sain.

- Et ton copain ?

- Lui, c'est Covid. Tu peux jouer avec si tu veux, il est vraiment sympa. C'est grâce à lui qu'on est vacances.

-Allez les enfants, assez joué, on y va. »

Ah l'amour maternel !

J'ai préparé mes aiguilles à coudre.

JOUR15. … 3h52 (heure d'été)… le souci de mon petit, sûrement. Verre de lait. Petit tour sur le smartphone, grosse activité de noctambules…

J'ai toujours aimé la musique. Le piano de mon enfance. Les bandes magnétiques et les disques que mon père nous passait le dimanche. J'avais commencé, il y a quelques temps, une liste des plus belles chansons pour moi. Celles qui font vibrer. Celles qui provoquent une sorte de frisson inexpliqué, qui part de la plante des pieds, remonte le long de la colonne vertébrale et emporte mon cerveau dans un pays appelé « bien-être ». Je vais poursuivre cette liste. Et dans mes objectifs, je vais la compléter et surtout la formaliser pour l'écouter. Affaire à suivre….

J'ai utilisé mes aiguilles à coudre.

J'ai le plaisir de vous annoncer la naissance de Tawashi 2. Je l'ai amélioré en y ajoutant une petite anse. Ainsi, on pourra la suspendre pour qu'elle puisse s'égoutter en toute sérénité. Je vais la baigner et lui apprendre à nager dans les eaux troubles de la vaisselle.

La solidarité s'installe, malgré nos différences, entre les pays du monde entier. Nous envoyons des malades dans des pays moins atteints. Des médecins vont et viennent apporter leur connaissance et leur aide à ceux dont les leurs sont épuisés ou malades... A Bayonne, l'hôpital accueille des malades du Grand Est, pour désengorger les unités de soins qui ne peuvent plus faire face.

L'Italie a dépassé les dix mille morts. Les chinois vont récupérer les cendres de leurs défunts. Il semblerait, en fait, que le gouvernement ait sous-estimé leurs chiffres en annonçant trois mille trois cents décès. On serait proche des quarante mille, ce qui relativiserait les courbes de chacun. Les USA, qui ne prônent pas le confinement (pour des raisons économiques ?), en léger décalage dans le temps, sont déjà à plus de deux mille trois cents morts pour deux mille six cents en France (chiffres OMS du 29/03). Les Pays Bas et la Suède ne confinent pas, misant sur l'immunisation collective. Nous tirerons des enseignements, n'oublions pas.

Un petit coucou de Destin cet après-midi. Titoun m'a demandé de la musique calme. J'ai choisi au hasard et le disque, que j'ai passé, lui a beaucoup plu. Il s'appelle « Collection bien-être-Détente à la maison ».

J'ai préparé ma râpe

JOUR16. Hier je n'ai pas eu de réponse quant à l'évolution de la santé de mon petit, ni de son amie, ni de lui-même. J'ai été marquée, au cours de ma vie, par la maladie qui chemine sur cette route parallèle à la mienne. La sclérose en plaques de ma maman qui a bercé notre enfance; la maladie de mon frère qui le détourne petit à petit d'une vie tranquille; celles de mon beau-frère qu'il combat au quotidien. Je sens encore dans ma chair, cette petite fille que j'ai perdue, baptisée Marie, qui se débat dans mon ventre comme pour ne pas mourir. Lorsque je suis malade, je me recroqueville. Je me mets entre parenthèses, comme pour mieux me recentrer, rassembler mes forces et lutter. Si c'est mon chéri qui est atteint, c'est la peur qui m'habite et j'essaie de lui insuffler le filtre de mes forces, pour l'épauler au mieux. Mais quand mes enfants le sont, la terreur s'empare de moi et mon ventre se crispe. Je voudrais accoucher de leur maladie et l'évacuer. Je ne suis pas hypocondriaque, mais mon radar s'allume. Il me dit d'être vigilante, dans la prévention, car notre corps est la plus merveilleuse des maisons. Je m'aperçois que ces hommes, qui sont toujours mes enfants, entretiennent en vieillissant une relation ambigüe avec leurs parents. Ils ne nous disent pas tout sur leur état de santé et nous faisons de même. Est-ce pour nous préserver les uns les autres et éviter de s'inquiéter ? Mais le mal n'est-il pas plus terrible de ne pas savoir ? Lorsqu'ils étaient plus jeunes, je les prenais dans mes bras pour un câlin et leurs chuchotais tendrement à l'oreille :

« - Tu vois ça, ce sont les meilleurs moments de la Vie ». Je m'aperçois aujourd'hui ô combien c'est vrai. Je vous aimerai toujours car vous êtes les enfants de l'Amour.

Les comportements humains prennent des dimensions étonnantes et dérangeantes en cette période. Des membres du personnel soignant reçoivent dans leur boite aux lettres ou sur le pare-brise de leur véhicule, des menaces et des demandes de déménagement pour ne pas contaminer le voisinage. No comment !

J'ai utilisé ma râpe.

J'ai ramassé tous les citrons de mon arbre. Je voulais profiter de cette récolte pour récupérer le zest. J'ai donc râpé, un à un, les fruits, délicatement pour ne pas me blesser. En effet, il y avait des agrumes pas plus gros qu'un dé à coudre. Ils ont tous frémi le long du grattoir, pour se dépouiller de cette peau, qui va parfumer de prochains desserts. Il m'aura fallu une heure de tendresse. Le trésor dort maintenant au congélateur.

Monsieur le Président a déclaré qu'il fallait produire à nouveau en France, pour diminuer notre dépendance. Surtout, n'oublie pas ces paroles justes et conscientes, pour Après. La solidarité des entreprises françaises montrent que leur savoir-faire peut être au rendez-vous, y compris dans la réactivité en cas de crise. Des industriels de l'automobiles fabriquent des respirateurs, des fabricants de vêtements font des masques, des parfumeurs produisent du sérum hydro alcoolique... Sois fier d'eux et encourage-les, Après.

Aux USA, on compte 1 mort toutes les 3 minutes à New York ! Covid tu profites de l'indécision des politiques sur la conduite à tenir, pour t'infiltrer et leur montrer que c'est Toi le Boss ! En France, hier a été le plus meurtrier depuis le début de ce funeste décompte. A relativiser puisqu'on ne compte que les décès à l'hôpital, mais on meurt aussi ailleurs du Covid19.

Changement Climatique nous envoie aussi son « bonjour ». Après plusieurs journées, trop ensoleillées, qui ont stimulé et sorti la nature de son hibernation, nous voici avec un froid qui descend du Groenland et ramène la neige. Merci à Toi aussi, on se lassait de Covid.

J'ai préparé mes coquilles d'œufs.

JOUR17. Je me lève et je croise Jacques Dutronc dans la cuisine, qui me chante « …il est 5 heures, j'n'ai plus sommeil… » Non, sérieux, je suis en forme.

Je range les placards du premier étage, où est stocké le linge de maison. SOS surconsommation ! Je suis effarée de tout ce que je possède, entre la récupération suite aux décès des parents, grands-parents ; les dons, les cadeaux, les achats… Il faut vraiment que je trouve une solution pour partager tout cela, au lieu de le laisser s'abimer sur ces étagères, sans espoir d'utilisation. Encore un point positif pour Toi Covid.

J'ai utilisé mes coquilles d'œufs.

Depuis le début de confinement, j'ai conservé les coquilles d'œufs. Je les ai mises au soleil pour qu'elles s'assèchent. Aujourd'hui, je les ai réduites en miettes. Cela apporte de multiples bienfaits pour le jardin. Voilà encore une activité manuelle que je découvre, grâce à Toi Covid.

Désormais, en France, on dénombre aussi 1 mort toutes les 3 minutes, comme à New York. Le président des Etats Unis a réagi (enfin) en prenant en compte de ce que serait l'ampleur de l'épidémie, s'il ne prenait pas des mesures de confinement rapidement. Les américains se sont indignés devant l'évacuation des morts de l'hôpital en camions frigorifiques. En effet, les hôpitaux sont déjà débordés et ils installent, notamment, des solutions de fortune dans Central Park. C'est le pays qui compte, à ce jour, le plus grand nombre de malades. La solidarité mondiale prend des tournures étonnantes : la Russie va envoyer aux USA du matériel. En Espagne, le nombre de décès dépasse 800 par jour et il faut attendre parfois 4 jours avant que les corps soient récupérés, à leur domicile, par les pompes funèbres. En inde, le confinement a provoqué une panique qui pousse les gens à rentrer dans leur province, entrainant des afflux dans les gares ferroviaires et routières. Bonnes promenades Covid !

J'ai préparé mes ciseaux.

JOUR18. Mon petit est déclaré, par le médecin, « en voie de guérison. » Donc, je te demande Covid, de passer ton chemin, mais pas forcément d'aller voir ailleurs.

L'hôpital de Bayonne a reçu des dons, dont 350 000 masques.

Covid tu as une mauvaise influence sur les détraqués. En effet, la courbe des violences conjugales est en augmentation ces derniers jours. Voilà que l'on ramène ces femmes meurtries, et qui risquent parfois de mourir, à des chiffres sur un diagramme.

J'ai poursuivi mon rangement du linge de maison. J'ai envie de fabriquer des « choses » utiles, je vais classer cette idée dans « les projets ». J'ai remis la main sur des jeux de sociétés que nous pourrons utiliser avec Titoun, pour éviter de lui miner le moral avec mes victoires successives au scrabble.

J'ai utilisé mes ciseaux.

Je mesure en ces temps compliqués, la chance que nous avons de vivre dans une maison avec jardin. Tous les matins, je salue la nature en me levant. Le brugnonier de mon jardin est rempli de feuilles avec la cloque. Je le traite avec de la bouillie bordelaise. Mais pour l'aider dans sa guérison, je suis allée couper les feuilles malades. Perchée sur mon échelle, j'ai pris soin de lui, avec tendresse, en espérant qu'il me le rendra en m'offrant de beaux fruits. Ah l'amour !

Quatre milliards de personnes sont confinées sur Terre.

J'ai préparé mon cutter.

JOUR19. Je me trouve tellement « de projets », que la liste s'allonge vertigeusement. Cela provoque en moi une étrange sensation de crainte. J'ai peur de manquer de temps. Je sais que cela peut paraitre idiot et incongru, mais mes journées sont tellement remplies…. « A chaque jour suffit sa peine », ikusiko dugu ! (en basque dans le texte: nous verrons)

Le président des USA, qui mesure plus précisément la gravité des choses, a demandé aux new yorkais de se couvrir le nez et la bouche lors de leurs sorties, avec un foulard ou autre… En Chine, les cinémas ont fermé à nouveau leurs portes ?! De nouveaux cas « sembleraient » être apparus à cause des voyageurs étrangers. Tous les « entrants » dans leur pays seront systématiquement mis en quarantaine. Cela t'amuse Covid de jouer avec les sentiments des gens ? On se croit sortis de la crise et tu ressors de ta cachette en nous criant : « bouh ! »

J'ai utilisé mon cutter.

Les enfants ont fait appel à ma patience pour découper au cutter des lettres, qui serviront de pochoir. Les lettres « droites » ont été vite faites. Les « arrondies », plus délicates ont abusé de ma patience. Je n'ai que cela à faire, j'ai failli oublier.

La France vient de réquisitionner un entrepôt frigorifique à Rungis pour y entreposer les morts, dans l'attente de possibles enterrements. En Italie, le gouvernement distribue des bons alimentaires aux plus démunis, c'est vraiment la guerre. Des russes sont venus en renfort pour désinfecter à tour de bras, y compris les rues. En Espagne, le nombre de morts ne cessent d'augmenter de façon exponentielle. La solidarité entre régions ne se pratique pas comme en France, car le système de santé n'est pas géré au niveau national de la même façon. Ils ont des hôpitaux qui regorgent de places et de matériels, mais ne peuvent se serrer les coudes face à cette crise. Il y a ainsi des cliniques qui renvoient les ambulances avec leurs malades, car ce n'est pas la même région administrative.

J'ai préparé nos tennis.

JOUR20. « It's a beautiful day »… Une magnifique journée ensoleillée. Pas de contrainte. Pas de télévision. Ensemble, c'est tout et cela nous suffit. Oublions pour une fois qu'il se passe une chose terrible dans le monde. Faisons comme si rien d'autre n'existait plus que l'Amour, hormis une distance de sécurité. La nature excelle dans ce domaine en ce moment. En plein épanouissement, nous offrant pleins de nouveaux nés dans nos godets. Soyons simplement heureux, ici et Maintenant. « L'homme tousse, la planète respire »

Nous avons utilisé nos tennis.

C'est la première fois, depuis le confinement, que nous allons nous promener ensemble. Un petit tour, dans la distance et le temps autorisés, tranquillement à une exception près : on ne se tient pas par la main. Nous croisons, dans une haie, une petite famille d'oiseaux qui y a fait son nid. Nous n'aurions certainement jamais entendu le piaillement des oisillons, Avant. « It's a beautiful day »

« Face à cette guerre, nous devrons être solidaires », le Président l'a dit, ils l'ont fait. Une multitude d'histoires fleurissent sur le territoire. Comme ces soignants du Sud-Ouest qui vont dans le Grand Est pour remplacer leurs collègues épuisés. Comme ces restaurateurs ou boulangers qui offrent des repas, qu'ils livrent dans les hôpitaux. Comme ce chauffeur de taxi qui transporte gratuitement des médecins et fais le lien avec des couturières (amatrices) qui fabriquent des masques en tissus et les soignants. Des Comme il y en a tellement à citer, que j'espère les « grands » de ce monde prendront en exemple.

J'ai préparé mes pinceaux.

JOUR21. C'est le deuxième livre dont on me parle qui « relate » cette pandémie. Le premier, écrit en 2012 par une Sylvia Browne, médium, (« La fin des temps ») qui parle d'une pandémie vers 2020 qui referait surface vers 2030, attaquant les poumons. Le second, présenté par Adler (« rapport de la CIA, comment sera l'année 2020 ») écrit en 2005. Celui-ci décrit exactement ce qui ce passe, comment et où cela se développe. Nous sommes en droit de nous interroger, pour la plus grande joie des complotistes ou bien est-ce la main de Dieu ? Cherche-t-on à réguler telle ou telle population ? La Nature interviendrait-elle aussi pour reprendre ses droits ? Ou suis-je en train de basculer vers la folie ?

J'ai utilisé mes pinceaux.

Pas de peinture loisir, ni de tableau, mais peintre en bâtiment. Les murs extérieurs ont besoin, depuis quelques temps déjà, d'un coup de jeune. Petit ravalement de façade commencé, mais il faudra plus d'une journée et plus de peinture. La satisfaction de voir la différence entre de blanc maculé et le grisâtre d'une vie précédente. Affaire à suivre.

Mon petit se remet doucement de son expérience avec Toi Covid. Il est touché dans sa chair, mais aussi dans son esprit.

Ce sportif de haut niveau, ce « killer » face à l'adversité, ne trouve plus ses marques. Le confinement ajoute aussi son lot de perturbations. Pourrions-nous avancer tranquillement dans cette famille ? Notre don à la « maladie » a été plus que généreux. Aller, changement de karma.

Pour la première fois depuis le début de la pandémie, le nombre quotidien de décès en Italie diminue. En France, il est envisagé le port du masque pour tous à l'extérieur… On avance encore dans une brume covidienne et cela ajoute de l'effroi à la situation.

J'ai préparé mes pépites de chocolat

JOUR22. Petite nuit angoissée. Des parents se font toujours du souci pour leur progéniture….

C'est le deuxième jour d'affilée, que l'Espagne, l'Italie et la France voient leur nombre de décès diminuer. On pourrait donc espérer un pic franchi ? La Chine a confiné une autre province ; dis-moi Covid, tu fais ton retour au pays ?!

En faisant du rangement (oui, encore), Titoun a remis la main sur des places de concerts que je conservais depuis le début où j'ai commencé à aller jouer à la groupie. Mon premier concert, Earth Wind and Fire le samedi 17 mars 1979 à Paris, porte de Pantin. J'avais presque 17 ans. Nous avions, avec quelques copines, filé directement après l'école. Nous avions attendu toute l'après-midi pour avoir des places et être au premier rang… Un excellent souvenir, suivi par beaucoup d'autres depuis. La musique est un bel outil de transport pour véhiculer du bonheur. Il faut que je poursuive ma fameuse playlist (qui est dans ma liste de projets).

J'ai utilisé mes pépites de chocolat.

J'avais trouvé, il y a quelques temps, une recette sur internet qui m'avait interpellée de part son nom : « recette des meilleurs cookies au monde ». Je ne pouvais que m'aventurer sur ce terrain prometteur et tâcher de relever le défi. J'ai donc scrupuleusement suivi les instructions, pour une fois. Verdict ultérieurement avec les différents gouteurs de la famille. Pour ma part, ils ne déméritent pas ; je vais devoir mettre des menottes pour ne pas piocher.

Ce soir, changement de situation pour l'Italie, le nombre de mort est reparti à la hausse. Le premier ministre Anglais a finalement été placé à l'hôpital, suite à l'aggravation de son état. Une aberration pour certaines Agence Régionale de Santé en France ou direction d'établissement hospitalier (?) : dans une région, un hôpital privé met au chômage ses infirmières car ils n'ont pas assez de travail…. Il a fait très beau hier : il y a eu 67 000 verbalisations, suite au nom respect des règles du confinement.

J'ai préparé mes pinceaux.

JOUR23. Ce matin, une agréable odeur de cookies m'accueille dans la cuisine. Heureusement que je n'avais pas cuisiné des sardines grillées !

Cette période de confinement est propice au rangement et au tri. Une belle prise de conscience sur nos modes de consommation s'organise sur les réseaux sociaux et donne naissance à beaucoup de tutos ou idées de recyclage (d'où mes tawashi). Changement Climatique bougonne un peu, car les gens prennent ce temps octroyé par son cousin Covid, pour fabriquer et repenser la récupération. Laissez-moi faire….

Le port du masque obligatoire continue de flotter dans l'air, comme une ombre inquiétante. Cela soulève le voile sur des questions sans réponse précise, car on semble naviguer à vue selon les évolutions du Covid. Cela jette aussi un doute sur cette décision, car à ce jour on sait qu'il n'y a pas suffisamment de masques à disposition. Là aussi, les dirigeants nous orientent vers des tutos pour fabriquer son propre masque. Ce qui était vrai Avant, ne l'est plus Maintenant... Que nous réserve Après ?! Une vie pleine de surprises semble-t-il !

Un nouveau message du gouvernement « spécial Covid » est diffusé sur les ondes. Il préconise de se méfier des différentes informations que de « soi-disant » spécialistes peuvent dispenser. Cela renforce bien cette notion d'incertitude que l'on peut ressentir à notre niveau de confiné.

La nature reprend ses droits : un lézard a joyeusement profité de la fenêtre ouverte de ma chambre pour se balader. Pas gêné du tout de ma présence !

J'ai utilisé mes pinceaux.

Cette fois, c'est bien pour de la peinture « artistique ». Je commence un nouveau tableau, seule. J'ai envie de couleurs. Premiers coup de spatule aujourd'hui. Je laisse poser la matière et j'y reviendrai. Mais, nous en reparlerons.

Les chiffres du décompte des morts sont à nouveau à la hausse pour nos 3 pays. Tu joues au yoyo... pas très amusant Covid.... J'ai entendu une jolie phrase : « lorsque l'on parle d'un problème, il disparait ». Devine de qui je vais nous rabâcher les oreilles ?

J'ai préparé mes pinceaux, les autres.

JOUR24. Titoun fait sa rentrée demain et comme un instituteur, il reprend avant les élèves. Il a préparé son cartable. Partagé entre excitation et peur de l'inconnu, on pourrait prendre cela pour une rentrée scolaire. Il s'agit simplement de la réouverture de son bureau après ces 15 jours fermés. Je me retrouve à nouveau seule. Je vais à nouveau reprendre mes séances d'examen, lorsqu'il rentrera le soir, pour voir si Covid n'est pas caché quelque part.

Il a fait une journée exceptionnelle aujourd'hui, j'ai profité de l'extérieur pour laisser le soleil me caresser doucement la peau et apporter cette douceur jusqu'au fond de mon cœur. J'étais présente, Maintenant.

J'ai utilisé mes pinceaux, les autres.

Repeinture sur le mur. J'avance. Deux mètres de plus, que je contemple avec satisfaction. Mais je suis loin du bout et la peinture va me faire défaut…. A poursuivre jusqu'à la dernière goutte.

J'ai eu au téléphone mon ainé. Cela faisait un moment que je n'avais pas entendu sa voix. Une douce chaleur de bonheur suave m'a envahie. C'est vraiment là que je sais combien j'aime mes enfants. Cette sensation qui coule dans mes veines et dispense à mes cellules une joie incommensurable. Mais les câlins à mes trois hommes me manquent vraiment. Il faut que je cherche une association de câlineurs bénévoles pour les bébés prématurés, je l'ajoute à ma liste de projets.

Plus de 900 morts en Angleterre, la pandémie galope. Aux Usa, près de 2000 décès en 24h. A ce jour, plus de 80 000 morts dans le monde avec 192 pays touchés. Ces chiffres sont vraiment à relativiser car bon nombre d'endroits ne font pas de suivi ou ne déclare pas un réel état des lieux de leur situation. Au Yemen un « cessez le feu » a été mis en place pour lutter contre la maladie. Merci Covid, ton cousin le vendeur d'armes va faire la tête. La Chine a déconfiné Wuhan avec des mesures de protections qui restent en place : port du masque obligatoire, pas de sortie de la province, chaque habitant d'immeuble doit remplir un cahier auprès du concierge pour indiquer ses déplacements, dépistage de toute la population effectuée et si vous êtes malades l'entrée des supermarchés est interdite.

J'ai préparé mes pots de confiture.

JOUR25. Chaque matin, je garde ma routine « beauté ». Après la douche, je mets la lotion sur mon corps, la crème sur mon visage, je me brosse les cheveux (petit message personnel à ma coiffeuse : j'ai la mèche rebelle)… J'ai abandonné l'anti transpirant, le parfum, et le vernis à ongle ; pour rester seule à la maison et batailler…. on verra Après. En tout cas, chaque soir, Maintenant, je retrouve sur moi une odeur naturelle. Pas la forêt de sapin ou les fleurs des champs, plutôt, j'ose à croire, le sous-bois humide à la cueillette des cèpes. Par contre ce matin, la lotion sur le côté gauche m'a fait ressentir quelques douleurs, là où j'ai des bleus. En effet, hier en passant la tondeuse, j'ai chu. Je ne sais pas comment je m'y suis prise, mais ce matin je me rappelle que cet incident aurait pu être plus grave. D'ailleurs, il y a une augmentation des accidents domestiques. Merci Covid, comme ça on ne meurt pas que de Toi.

J'ai utilisé mes pots de confiture.

Hier, Nouchka m'a envoyé des photos de ses dernières peintures. L'une d'elle m'a particulièrement inspirée. Il y a des couleurs magiques dans cette toile, qui m'ont rappelé les teintes naturelles que fabriquaient les ancêtres. Donc, j'ai décidé de tenter l'expérience. J'ai pris des pots de confitures vides, différentes matières et j'ai versé de l'eau bouillante dessus. Je vais laisser macérer quelques temps. Ensuite, si je peux en retirer quelque chose, je les utiliserai en aquarelle. Affaire à suivre.

Je dois tout de même vous annoncer les naissances de Tawashi 3, 4 et 5. Une amélioration certaine est constatée. Je poursuis, dans le but d'atteindre le nirvana de l'éponge magique.

J'ai découvert sur You Tube, un site qui se nomme « le Conteur Hypnotique ». Ce monsieur à la voix douce, de circonstance, conte. Cela a un effet très apaisant et me permet de voyager par la pensée avec lui. Il m'a lancé un clin d'œil avec Destin aujourd'hui : il a raconté la naissance du Mont Saint Michel, mon archange protecteur….

J'ai préparé mon cahier.

JOUR26. ….. 5h35… Charles Trenet me chante que « le Soleil a rendez-vous avec la lune » et il a raison, une belle pleine lune généreuse, apporte une luminosité sans pareil qui nous a éveillé Titoun et moi.

Monsieur le Président a rencontré hier un médecin qui prône le traitement du covid avec un médicament, et qui a lancé diverses polémiques, car cette initiative personnelle n'est pas du goût de nos dirigeants. Ce rendez-vous, donne une autre dimension car le président de la République *"s'est extrait des sociétés savantes pour se fonder son avis personnel"* (extrait France Info). Cela permet au corps médical d'espérer qu'on ne lui manque pas de respect, en faisant la sourde oreille. Tu veux mon sonotone ?

J'ai utilisé mon cahier.

Il y a quelques Noël de cela, les enfants m'ont offert un cahier. Je suis une vraie calamité en matière de transmission de recettes de cuisine. J'invente, je crée, mais comme je fais au hasard, sans rien noter, je suis souvent incapable de refaire la même chose. Cela avait le don de les exaspérer, car lorsque le plat était bon, il n'y en avait qu'une fois. Donc, merci à toi Covid, j'ai ressorti ce cahier et je prends soin de noter, de compulser, de corriger, d'ajuster… pour transmettre.

Plus de 2000 morts aux USA en une journée et la création de fosses communes pour les plus démunis. En Espagne, le confinement est prolongé jusqu'au 5 mai. En France, il semblerait qu'il y ait une accalmie dans le nombre de personne qui entre en réanimation. Et pourtant, le confinement semble encore mystérieux pour certains : à l'ouverture du bureau ce matin Titoun a été surpris par les 50 personnes qui attendaient devant la porte. Beaucoup, surement sans attestation, ont fui au passage de la police et certains sont simplement venus acheter un timbre, pour envoyer une carte postale.

J'ai préparé mes patates douces.

JOUR27. Des baleines ont été vues dans les calanques de Marseille.

Les beaux jours qui arrivent permettent aussi de rêver. Les gens font des projets de vacances pour Après. Même si Maintenant, des touristes ont été refoulés, en nombre, à la frontière espagnole. Les envies d'évasion sont plutôt tournées vers la nature et les grands espaces, peut-être que cela évitera les voyages lointains, générateurs de CO_2.

J'ai utilisé mes patates douces.

Une vieille recette de gâteau au chocolat à la patate douce, sans gluten, sans sucre et sans œuf. Un beau dessert vite fait, très moelleux et gouteux. Je ressors la paire de menottes pour moi.

Cet après-midi, en jardinant, je me suis fait tomber sur le pied une grosse dalle de pierre. Oui, bobo. J'ai pris alors la dimension du nouveau danger que cela représentait. Si je devais aller aux urgences, pour une blessure, je pourrais anéantir toutes les chances que je mets de mon côté en restant confinée. Décidément, la vie prend une autre dimension.

Pendant que nous plantions nos bébés citrouilles dans un nid plus douillet à l'extérieur, les moineaux venaient à nos côtés, pas farouches, en attente certainement de quelques vers de terre. Ils étaient très proches, comme pour nous montrer que eux aussi avait reconquis leur morceau de territoire et acceptaient de le partager avec nous.

J'ai préparé mes jus de peintures.

JOUR28. Le printemps semble vraiment installé. Le poêle a été renvoyé à son sommeil réparateur annuel. La bouillotte a elle aussi cessé sa besogne. Les shorts remplacent les pantalons longs. Le jardin s'embellit de jour en jour, les oiseaux s'en donnent vraiment à cœur joie, la tonte de la pelouse se fait plus fréquente. Cela remonte le moral et nous laisse espérer de meilleurs jours pour la santé de tous.

J'ai utilisé mes jus de peintures.

Alors, il y a : jus d'herbes, jus de tulipes, jus d'iris, jus de café, jus de curcuma, jus de camélia et jus d'épinards. Ils sont en pots et je les ai testés sur le papier dédié à l'aquarelle. Au départ, ils sont pâles, mais en séchant, ils laissent apparaitre leurs coloris définitifs. Maintenant, je vais réfléchir à la gravure que je vais peindre…

Les courbes des décès évoluent indifféremment dans le monde. En Italie et en Espagne, on observe une baisse par rapport aux jours précédents. Au Royaume Unis, le nombre de morts a dépassé les 10 000, soit une hausse beaucoup plus rapide que dans les pays qui ont mis en place un confinement plus réactif. Les USA sont à plus de 21 000 pertes humaines. La Suède et l'Allemagne qui poursuivent leur politique de gestion du virus, maintiennent des chiffres bien en-deçà de nous. La Chine a dénombré une centaine de nouveaux cas, soit disant des « importés ». Non, c'est Covid qui remet un petit coup de pression.

J'ai préparé mon poireau.

JOUR29. « It's a beautiful day »… Pas de prise de tête, une journée remplie, pleine de richesses avec Titoun et notre jardin. Nous avons débroussaillé, taillé, coupé, planté… investi pour l'avenir. Profité du beau temps, pris notre temps et en travaillant à deux, gagné du temps, tout en passant ensemble du bon temps.

J'ai utilisé mon poireau.

J'ai vu sur internet que plusieurs personnes conservaient la queue du poireau. En la fixant avec des cures dents, et en plaçant sur un verre d'eau les racines, on obtenait un nouveau poireau… Affaire à suivre.

Ce soir, monsieur le Président a annoncé une prolongation de 4 semaines du confinement. Tout est dit ! Je vais me renseigner pour le report de nos vacances en famille dans le Sud Est, prévu début mai. On fêtera nos anniversaires à 2. Et surtout, nous allons tâcher de rester en bonne santé.

J'ai préparé mon flacon de javel.

JOUR30. La vie n'est pas un long fleuve tranquille. Elle fait de nous des combattants. C'est pour cela que certains tombent en route, n'ayant pas les ressources nécessaires. Mon petit frère est à nouveau hospitalisé. Les baisses d'énergie peuvent aussi nous affecter. Le confinement y met sa touche. Je dois lutter contre cela, pour moi, pour lui. Mais cela m'épuise de me faire du souci pour la santé de mes proches. Pourrais-je avoir plusieurs années de répit, pour simplement profiter de ma vie sans me bouffer l'esprit et les tripes. Je trouve que le tribut à payer pour quelques instants de bonheur est parfois lourd à payer. Je tâche de vivre le Maintenant au maximum et apprécier les bons moments. Mais… Ras le bol…

J'ai utilisé mon flacon de javel.

Le toit de ma voiture était recouvert de mousse sèche, pour laquelle un garagiste m'avait dit qu'il n'y avait rien à faire. En cherchant sur internet, j'ai trouvé une recette à base d'eau de javel fortement diluée. J'ai donc minutieusement nettoyé mon toit et retrouvé son blanc d'origine.

Je me suis noyée dans l'hyperactivité, c'est ma dose d'alcool pour oublier.

J'ai préparé mes caisses.

JOUR31. La journée est passée bizarrement, à la fois vite et lente. Un peu comme si je tournais en rond, entre activité et pas envie. Alors je me suis obligée. J'ai beaucoup pédalé, matin et soir. J'ai marché mes 4 kilomètres. En sortant, yeux qui piquent, gorge qui gratte et éternuements. Certainement le pollen, mais il a fallu que je porte le masque pour finir ma sortie dans de meilleures conditions. Avec le masque, les gens que tu croises s'écartent encore plus…

J'ai utilisé mes caisses.

Titoun a récupéré des caisses en polystyrène. Je les ai remplies de terre et j'y ai semé de la roquette. Cette petite salade y pousse très bien et elle ravit nos papilles. A la fois parfumée et légèrement poivrée, elle est idéale sur des tartines frottées d'ail, tomates et huile d'olive. L'avantage c'est que l'on peut la cultiver toute l'année.

Le président des USA a gelé l'aide de son pays apporté à l'OMS, qu'il accuse d'avoir mal géré la crise. Merci Monsieur, bel élan de solidarité mondial, et vous comment l'avez-vous administrée celle qui a déjà fait plus de 26 000 morts ? Il faudra décidément tirer des leçons sur une gestion plus Humaine.

La nature reprend ses droits, oui mais là il ne faudrait pas abuser : les tourterelles sont revenues dans nos jardins et elles ont mangé mes bébés citrouilles fraichement repiqués. Il a donc fallu que je les mette sous un grillage, emprisonnés qu'ils sont ! Covid, un peu de retenue s'il te plait.

J'ai préparé ma râpe.

JOUR32. Journée cuisine, peinture loisir, vélo…

Après l'annonce de la nouvelle date de fin du confinement, les commentaires vont bon train sur l'étalement selon les régions ou les types de population et sur leur forme. Pour le moment, nous ne sommes pas encore assez certains des effets bénéfiques, de ce mois supplémentaire. Notamment, parce qu'il y aurait une remise en cause de l'immunité des anciens malades. Beaucoup d'activités ont repris dans le monde du travail, souvent malgré la peur de la maladie. En effet, comment vivre lorsque les aides n'arrivent pas et que ton propriétaire refuse de t'accorder un délai pour le loyer ? Cela devient compliqué et malgré les risques, pour la santé de chacun, la société mercantile dans laquelle nous vivons, nous rattrape.

J'ai utilisé ma râpe.

En été, comme je marche beaucoup pieds nus, j'ai de la corne qui se forme et cela me créé des crevasses aux talons. Le confinement fait que je suis à la maison, nu pieds... Donc, j'ai sorti ma râpe qui fonctionne à piles et entamé un travail merveilleux. Après quelques tours enthousiastes, les piles m'ont lâchée... et je n'en ai pas de ce modèle. J'ai rangé mon appareil et ressorti une bonne vieille pierre ponce de ma grand-mère. On va dire que j'ai le temps nécessaire, pour obtenir le même résultat.

Le président des Etats Unis a annoncé que le pire était derrière eux et qu'ils avaient atteint le pic de la maladie. Tant mieux, car avec plus de 1200 décès en 24h et 33875 depuis le début, c'est un soulagement de l'apprendre. Les pays riches ont pris une décision historique en décidant de geler, pour un an, le remboursement de la dette des pays pauvres.

J'ai terminé mon tableau. Les couleurs vives souhaitées ont été remplacées par du mauve, du gris, du noir et blanc. Et inconsciemment, je crois que j'ai fait un tableau prémonitoire : un personnage, flou seul, qui marche vers une forêt…

J'ai rangé mes jus d'aquarelle. Pas assez convaincants pour moi en termes de rendu. Mais j'étais contente d'essayer et le referai peut-être, dans d'autres circonstances.

J'ai préparé mes bidons

JOUR33. … 4h34… Levée avant les oiseaux… le souci… l'hôpital m'a appelée hier soir pour me dire qu'ils avaient opéré d'urgence mon petit frère. Les tissus digestifs étaient en train de se nécroser, ils ont retiré le côlon. Avec ses différentes pathologies, la suite est fortement réservée. Saint Michel….

Toute la journée j'ai erré comme un zombi, mélange de je fais, je ne fais pas, j'ai envie, je n'ai pas envie…les yeux rivés sur le téléphone et il m'a suivi dans mon errance, fait très inhabituel pour moi. Les échanges avec le médecin ne sont pas optimistes, vu qu'ils ont dû réopérer une seconde fois. Les organes ont commencé à ne plus fonctionner. J'ai demandé au médecin de lui dire à l'oreille combien je l'aimais. Et comme mon cadet était présent, nous avons bravé les interdits et il m'a fait l'un de ces câlins, qui me manquent tant.

J'ai utilisé mes bidons.

J'ai sorti du grenier la réserve de bidons de 5 litres, que nous avons en grand nombre. Ils servent à stocker l'eau de pluie récupérée dans les conteneurs, afin d'arroser le jardin. Remplir tous ces bidons, m'a vidé l'esprit.

Le bureau d'un collègue de Titoun ferme pour une suspicion. Il ne pourra pas se reposer comme il le souhaitait, car c'est le sien qui prend le relais.

Un orage s'est déclaré dans la soirée. Il s'en est suivi un arc en ciel majestueux, immense, complet donnant au ciel des couleurs subjuguantes. A tel point, que cela a suscité de la part des internautes, de très jolies photos partagées sur la toile. « Après la pluie vient le beau temps. » Un signe de Destin ?

Je n'ai rien préparé.

JOUR3. … 04h17, appel de l'hôpital… le cœur n'a pas tenu. Ce n'est pas Toi Covid qui m'a enlevé mon petit frère, je pense que c'est Destin. Au vu de sa pathologie, son espérance de vie avait été dépassée depuis plusieurs années, ce qui suscitait toujours l'étonnement du corps médical. Au décès de Papa, il avait eu un déclic et décidé de venir s'installer ici. Il avait retapé l'appartement pour le mettre en vente, il avait fait ses cartons et si tu n'étais pas intervenu Covid, il serait là. Nous en avions d'ailleurs reparlé au téléphone lorsqu'il était hospitalisé cette semaine, et je peux te dire qu'il râlait contre Toi « l'empêcheur de laisser le monde tourner en rond. » Il se faisait une telle joie de venir. Je voulais apprendre à jouer au bridge avec lui, histoire de nous sortir et lui créer un cercle de connaissances. Je ne sais pas si je vais garder ça sur ma liste de projets. Sa gouaille, qui pouvait en énerver plus d'un, va vraiment me manquer, même si je retrouve dans certaines intonations de mon petit, sa voix. Lui seul, savait ce qu'avait été notre enfance, forcément différente des autres, au milieu de cette maladie qui a emporté Maman. Ils me manquent, je me sens seule. Il les a rejoints sur ces photos de ma table de chevet.

Pour me changer les idées des tracas administratifs, peu facilités en cette période, j'ai fait une fournée de « meilleurs cookies du monde » que je lui dédie. Ils auront une saveur toute particulière car au milieu de mes larmes, j'y ai mis tout mon Amour.

Coup d'œil de Destin, ou pas :

Ce matin pendant que j'écrivais mes premières lignes, un chat est venu miauler à notre porte. Mon petit m'a demandé, d'après moi, en quoi allait se réincarner Tonton. Je crois que je sais. Cet après-midi, un violent orage a éclaté, très bizarre, même Titoun s'est fait la remarque : « je n'ai jamais entendu le tonnerre comme cela. » Il tonnait sans discontinuer, pas de temps mort, plutôt un grondement continu. Une colère céleste peu commune, comme mon frère pouvait en avoir et qui le faisait rire finalement, lorsqu'il s'apercevait qu'il était parti en vrille tout seul et inutilement. D'ailleurs je lui avais dit au cours de notre dernière conversation mardi, que j'allais le trainer au Qi Gong avec moi. Du coup j'ai commencé une séance, que je voulais partager avec Lui pour diminuer la colère qui grondait dans mon corps et dans ma tête. Peu à peu, le temps s'est apaisé pour faire place à un beau rayon de soleil. Mon regard s'est alors posé sur le rosier en fleurs de ma voisine. Je te le promets, je déterrerai les rosiers de Maman et les replanterai ici, comme tu le souhaitais.

Je n'ai toujours rien préparé.

JOUR35. … 04h35… chouette ! Grasse matinée par rapport à hier !

Nous sommes dimanche. Journée de répit avant le grand rush administratif. Nous avons listé les choses à faire à partir de demain.

Après-midi jardinage pour nous aérer, le corps et l'esprit aussi.

Je voulais écouter le Premier Ministre faire son allocution, mais finalement je n'étais pas assez concentrée, je suis donc partie avec Yves Montand « A bicyclette » dans la chambre.

Appel de son meilleur ami qui l'avait accompagné aux urgences et n'ayant plus de nouvelles, se faisait du souci…. Je lui annonce la nouvelle….

Je n'ai toujours rien préparé.

JOUR36. ….. 03h03… C'est mon heure de croisière. Trop de pensées. J'ai rêvé de lui, de nous et de son futur enterrement.

Pardonnez-moi car j'ai péché. Je confesse de la procrastination. Dans notre famille, nous n'avions pas pour habitude de se téléphoner très régulièrement. Surement la pudeur de ces liens d'amour qui nous unissaient, mais rarement avoués comme s'ils étaient douloureux : mon père qui voulait s'installer ici et sa compagne qui l'en avait empêché ; mon frère qui restait là-bas pour être au plus près de lui, car vieillissant. Mais j'avoue que depuis un an, où son état avait changé, je procrastinais les appels, pour me protéger. Je n'ai plus la force de gérer la maladie des personnes qui me sont chères, cela m'affecte trop. De pouvoir donner du positivisme me demande trop d'énergie, que je dois utiliser pour moi-même.

Covid se poursuit, insensible : le seuil des 20 000 morts en France est franchi. Les syndromes de glissement augmentant, les EHPAD organisent à nouveau la visite des proches. Certains pays commencent leur déconfinement, Allemagne, Norvège… Pourvu que… Aux Usa, le Président soutient les manifestations de ceux qui sont contre le confinement et le cap des 40 000 décès a été passé.

J'ai préparé le bois et les clous.

JOUR37. … 04h34… C'est Titoun qui m'a réveillée. Couchés à 23 heures, mais préoccupés par les tracas administratifs amplifiés à cette période. Heureusement, avec l'âge et la sagesse, j'ai acquis une patience certaine. Mais, zut, dans ces moment-là, les choses devraient être facilitées ; un peu comme avec un « wedding planer ».

La France est le 4ème pays au niveau mondial en termes de décès déclarés. Aux USA, fait historique, le prix du baril de pétrole est passé sous la barre de zéro dollar. Au Brésil, le drôle de Président, est sorti dans la rue faire des câlins pour démystifier la maladie, d'ailleurs Covid a beaucoup rigolé.

J'ai utilisé le bois et les clous.

N'ayant plus de filets d'oranges, je teste une autre forme de tawashi : les collants de femme. J'ai de vieilles paires, que je ne mettais plus et encore en bon état. Je me suis fabriqué un métier à tisser avec la planche de bois et les clous. Les premiers bébés sont nés assez rapidement et fiers de leur future lignée.

J'ai passé ma journée à courir, au téléphone, après les effets personnels de mon frère restés à l'hôpital ; c'est le deuxième jour. Toujours sans succès. Je rage et je monte en pression gentiment. Demain je menacerai de porter plainte, on verra si cela change quelque chose.

J'ai cueilli et mangé les premières fraises.

J'ai préparé une nouvelle caisse.

JOUR38. Grasse matinée jusqu'à 05h03. Vivement les nuits paisibles, ça me manque.

Il semblerait que la nicotine est un effet protecteur contre le covid. Quelle ambiguïté ! Tu fumes t'es protégé, mais tu risques autre chose… Ce Covid, quel farceur, toujours pleins de ressources ! Merci à Toi, on ne s'ennuie pas au moins.

Pas de nouvelles des Pompes Funèbres. Pas de nouvelles de l'hôpital. Je repars en quête aujourd'hui, tel Sancho Panza, contre mes moulins qui sont administratifs.

Beaucoup d'appels hier de ses copains, de belles surprises de personnes auxquelles je ne pensais pas qu'il avait laissé un tel souvenir d'amitié.

Le gouvernement prépare une sortie de déconfinement pour le 11 mai. Pendant ce temps, Singapour connait une nouvelle crise fulgurante, qui les renvoie en confinement… Au Brésil, le président fanfaronne toujours pendant les corps s'entassent dans des fosses communes. Aux USA, dans l'Utah, là où il y a eu les manifestations contre le confinement, le nombre de malades explose.

J'ai utilisé une nouvelle caisse.

J'ai préparé pour mon aîné, une caisse dans laquelle j'ai placé la terre du jardin et semé de la roquette.

L'hôpital m'a enfin répondu, pour m'avouer, qu'ils ne savaient pas où se trouvaient les affaires de mon frère. Ils ont juste retrouvé une trousse de toilette, ses médicaments et un chargeur de téléphone. Ils diligentent, après mon mail de réclamation, une enquête interne. Merci de ce que vous avez tenté de faire pour le soigner ; non merci pour ce que vous me faites, qui me pourrit inutilement en ce moment. Cela l'aurait mis dans une rage folle.

Les PFG m'envoient un tas de documents à signer. Toujours pas de certificat de décès, mais une date, le 7 mai. Il sera incinéré au Père Lachaise, cela lui aurait plu.

Pour me détendre, j'ai commencé une nouvelle toile, à dominante jaune... envie.

La signification du Jaune : « Couleur du soleil, de la fête et de la joie, elle permet d'égayer un univers et de le faire rayonner. Pourtant, derrière cet aspect joyeux, le jaune peut parfois se révéler négatif. Associé aux traîtres, à l'adultère et au mensonge, le jaune est une couleur qui mêle les contrastes. »

J'ai fait aussi plusieurs tawashi nouvelle génération. J'ai amélioré mon métier à tisser... contente.

Des bébés citrouilles, dans le jardin, ont été mangés... encore.

J'ai préparé ma tenue.

JOUR39. ... 05h52... on va y arriver.

Il m'arrive parfois de râler après Titoun, et je me dis « il m'énerve, mais je l'aime ». Nous sommes mariés depuis 33 ans et cet Amour, qu'il y a entre nous, est un véritable feu ardent. Notre rencontre a été un vrai coup de foudre. Il fallait que je le prenne sous mon aile, m'avait demandé un ami, pour l'aider à s'intégrer au mieux, dans son nouveau bureau. Il venait de province. Je ne savais même pas où se trouvait Biarritz, à côté de Deauville je crois. Il avait un beau fessier, tout de même. Je vivais avec quelqu'un depuis 6 ans, sans être vraiment heureuse, mais résignée. Et puis ce Basque est arrivé et a bouleversé ma vie. Que se passait-il ? Lorsqu'il m'adressait la parole, je rougissais et il me faisait bégayer. Moi la grande gueule, jamais je n'avais vécu ça. Mon Prince Charmant serait-il de passage ? Alors, j'ai décidé de vivre dangereusement : j'ai tout quitté pour Lui. Et nous voilà aujourd'hui, il est le Bonheur de cette vie, qui a mis dans mes yeux les étoiles de ce feu brûlant. Dans les circonstances qui nous perturbent en ce moment, il me surprend toujours avec une sorte de force tranquille rassurante et réconfortante, un peu comme une métamorphose de Celui du quotidien.

Une nouvelle ville Chinoise de plus de 10 millions d'habitants est fermée, car Covid est de retour au pays et pas en touriste. Il a décidé de s'y installer un peu, le temps de remettre le bazar. Les médecins français recommandent le port du masque, y compris à l'extérieur.

J'ai utilisé ma tenue.

Tsultim a proposé, spontanément, une séance de Qi gong, en live. Pendant 1h30, nous avons pu profiter de sa sagesse et de son savoir, pour pratiquer en toute sérénité. Une parenthèse, dans ces instants pénibles, qui a permis de se ressourcer en faisant une séance de ma pratique hebdomadaire. Au moment de la pause, les différentes personnes présentes, 84 au total, se sont mises à se parler les unes les autres, se reconnaissant grâce aux webcams. Une envolée de piaillements, aussi heureuse que celle des oiseaux le matin.

J'ai préparé ma paille.

JOUR40. « Bonjour, il est 05h00 et nous sommes vendredi, bienvenue sur Radio France Bleue. » Comment ça nous sommes vendredi ?! Tu te trompes, nous sommes jeudi. Titoun me confirme le jour. Je me suis fait voler le jeudi sans m'en rendre compte. Drôle de temps.

Un scientifique a séquencé les protéines de Covid pour les transformer en notes de musiques. « Un génome viral prend le contrôle des cellules de son hôte pour les forcer à répliquer ses gênes et se multiplier ainsi. Cette musique nous apprend qu'il y a une frontière très fine entre la beauté de la vie et de la mort. En écoutant cette protéine, vous allez certainement trouver des moments plaisants, voire relaxants. On ne retrouve pas l'aspect mortifère que ces protéines ont sur le monde. Ce côté agréable nous montre comment un virus peut nous tromper. (..) Cette mélodie est une métaphore de la traîtrise dont est capable de virus pour parvenir à se multiplier », conclut Markus Buehler, ce professeur. Tout s'explique : lorsque je parlais de ton côté enjôleur qui te servait à te répandre en charmant et rendant fou de désir certaines personnes, je n'étais pas loin ! Alors je t'écoute, pendant 1h50, quelle beauté… dommage. Et cette attaque sournoise à la 40ème minute, bien joué. Il parait que cela permet de donner la résonnance au corps et de l'immuniser.

Un dossier sort sur la tenue des élections municipales, juste avant la mise sous cloche du pays. En effet, certains assesseurs, tombés malades depuis, souhaitent porter plainte. Il semblerait que contrairement au souhait du Président, il y ait eu des pressions, y compris de certains hommes politiques de l'opposition (qui crient au scandale, maintenant), pour leur maintien. Il va y avoir beaucoup de traces laissées et Après, des règlements de comptes à tous les niveaux.

J'ai utilisé ma paille.

Dans les vidéos « DIY » qui circulent, je suis tombée sur un homme qui recyclait des pailles en plastique pour en faire des flûtiaux. J'ai testé. La première est pas mal. Je dois maîtriser la façon de souffler et ensuite la musicalité. A suivre.

Le jour29 s'est jeté à l'eau un poireau. Il va très bien. Il se développe en affichant fièrement sa nouvelle tige, qui poursuit sa gravitation ascensionnelle, vers un avenir meilleur.

J'ai préparé mes graines.

JOU41. Whouah, vous allez être fier de moi : 07h00, avec le réveil de Titoun qui sonne ! Je ne sais même pas comment j'ai fait.

Je me suis encore plus détachée des informations, mais je ne pense pas que cela soit la résultante. Un moment de répit pour mon esprit, avec l'aide du temps qui passe. La semaine prochaine, il me faudra repartir sur les sentiers escarpés de l'administration, notamment l'hôpital. Quel dommage de ternir le travail et le dévouement de tout le personnel soignant, exemplaire face à cette pandémie. Ne retrouve-t-on pas tout ce côté mercantile, qui a dégradé le sens humain, de ce bel outil dont nous pouvions être fier au niveau mondial ?

Je n'ose plus appeler les copinettes de la playlist. Je ne veux pas que l'on me demande : « Et toi, comment ça va ? » En cette période, je n'ai pas envie de saper leur moral. Alors, je préfère passer pour une sauvage égoïste, que de leur faire de la peine. Je suis recroquevillée.

J'ai utilisé mes graines.

Il est temps de poursuivre les semis. Nous avons profité, avec Titoun, de l'accalmie pour préparer un beau berceau et avons planté nos graines de haricots. C'est le bon moment, car la terre commence à se réchauffer, ainsi elles auront un doux cocon pour entamer leur future naissance.

J'ai avancé sur ma toile jaune. Mais j'ai encore du mal à accoucher des idées qui sont dans ma tête. Peut-être aussi un manque de recul, j'aime bien avoir un avis extérieur à différentes étapes.

J'ai assisté, sur un site d'infos, à la diffusion d'un petit film qui montrait l'évolution des courbes mondiales du nombre de décès dans le temps, en vitesse rapide. Cela m'a choquée de voir l'accélération fulgurante de certains pays, les voir passer en tête, un peu comme dans une course de voitures dans un jeu vidéo. C'est là que l'on mesure les impacts des politiques menés par chacun, face à la crise. Effrayant.

J'ai préparé ma carotte.

JOUR42. Hier, j'ai fait plaisir à Changement Climatique : j'ai pris un bain. De la mousse, une eau bien chaude, zut j'ai oublié les bougies. Détente assurée, plaisir assumé car tellement rare chez moi.

Aujourd'hui, journée ensoleillée favorable à tous ces promeneurs impatients, inconscients ?! Un bal a été organisé dans les rues de Paris, Covid était certainement à la fête.

L'OMS s'interroge vraiment sur l'immunité des anciens malades. D'ailleurs, outre l'aspect physique, il y a beaucoup de syndromes post-traumatiques développés par les malades les plus atteints. Les formes dermatologiques, dont on parle peu, sont très impressionnantes, un peu comme si le souffrant avait des engelures ; quels seront les effets secondaires là aussi ?

Les USA ont dépassé les 53 000 morts et le Président ne veut plus commenter la crise, surtout après avoir conseillé d'injecter dans le sang des produits désinfectants. En France, le nombre de décès quotidien est passé de 500 à 300 morts environs. On parle de chiffres, mais on ne doit pas oublier que derrière chacun d'eux, il y a une personne, une famille. Les courbes et les diagrammes déshumanisent la détresse que représente cette pandémie.

J'ai utilisé ma carotte.

J'ai repris le même principe que pour le poireau. Il parait que cela fait pousser des fanes et comme elles sont comestibles…. A suivre.

Je n'ai rien préparé.

JOUR43. Ce matin, en prenant le petit déjeuner à 4h53, j'ai eu l'impression que le poireau avait poussé de plusieurs centimètres en une nuit. Un peu comme un phare qui nous montre la voie, comme pour nous dire « regardez, je renais de mes cendres. Mes racines m'offrent une résurrection, comme vous pourriez l'avoir, Après. » Sauf que l'on doit encore s'interroger et chercher une amélioration continue : un homme, sur une plage montre une brochette de déchets trouvés sur sa grève, dont une guirlande de masques. Mais saluons, Maintenant, cette couturière amatrice, qui fabrique des masques en tissu, qu'elle accroche à son portail pour que les gens se servent.

Depuis hier, j'ai une pointe dans le bas du dos. Cela faisait longtemps que cela ne m'était pas arrivé. Je ne sais pas si c'est le manque de sport, un faux mouvement ou autre, mais je dois lancer un dédicace et un défi à mon ostéo : on va te livrer un puzzle de 500 pièces ; tu auras 60 minutes pour le mettre en ordre, ne te trompes pas de sens, c'est mon corps et je ne voudrais pas avoir les idées mal placées !

Le Japon connait une flambée très importante, comme si Covid était revenu avec des copains. Ils ne peuvent plus faire face à l'affluence de malades dans les hôpitaux. L'Allemagne, déconfinée, a connu une petite embolie ces derniers jours. La Suisse commence le sien aujourd'hui. En France c'est le flou artistique sur les modalités de déconfinement du 11 mai, où les besoins, les désirs de chacun et de l'économie viennent en contradiction avec les préconisations médicales.

J'ai préparé mes outils.

JOUR44. Je commence à préparer notre périple de la semaine prochaine. J'ai la sensation de partir à l'aventure, comme ces colons qui allaient découvrir de nouvelles contrées sauvages. L'interlocutrice de l'hôpital est absente cette semaine et non remplacée…. No comment !

J'ai utilisé mes outils.

Mon balai vapeur n'a pas supporté le confinement. Son manche s'est brisé en deux. Quoique, en plastique, bon marché et âgé, il avait le droit de se rebeller, pensant avoir mérité sa retraite. Eh bien, il va vivre une seconde jeunesse, car je lui ai fait une réparation de fortune et en attendant mieux, il va continuer d'officier.

On sent l'effervescence de la date fatidique du 11 mai. Ça recommence à bourdonner, les abeilles papillonnent et s'affairent pour la rentrée. Ma coiffeuse m'a téléphoné pour me proposer un rendez-vous. Les questions fusent de tous bords selon les professions. J'avoue avoir peur de tout cela. On reparle de toi Covid, comme d'une grippette ! Mais mon petit se révolte, car lui sportif, en forme, jeune, dit que : « seuls ceux qui l'ont eu peuvent comprendre la dangerosité. » L'économie certes, mais que disent les médecins ? Que se passe-t-il ailleurs ? Les pays voisins ne rouvriront leurs écoles qu'en septembre, pas nous… Je sens la prudence m'envahir. Je suis déjà morte de trouille pour mon déplacement de la semaine prochaine. J'espère ne pas voir mon respect du confinement et les sacrifices que cela a pu représenter, annihilés par ces futurs contacts.

J'ai préparé mon rasoir.

JOUR45. Hier soir, un ami musicien de mon frère m'a appelée. Il avait besoin de me parler de lui. Cela rouvre ma blessure, mais c'est bien d'avoir ce point de vue extérieur et ces souvenirs de lui. Avec le groupe, ils ont décidé de lui dédier le premier disque qui va sortir. Ils ont mis une très jolie photo de lui en concert, sur les réseaux sociaux, et des commentaires très touchants. Merci à eux pour cette amitié.

Il y aurait une nouvelle forme d'inflammation chez les enfants, cadeau de Covid. Trop sympa, histoire de remettre un coup de pression juste avant le retour à l'école. On est à 60 000 morts aux USA. Le Royaume Unis, avec 21 000 morts, rattrape la

France et L'Espagne et leur 23 000 décès. A partir du 11 mai on devrait faire des tests massifs dans notre pays, un peu tard ? En Allemagne, suite à la flambée de ces derniers jours, port du masque obligatoire dans les commerces et transports.

J'ai utilisé mon rasoir.

Heureusement que j'ai fait cet investissement il y a quelques années, ainsi je ne finirai pas femelle gorille. J'ai toujours été très poilue. Des restes de mes vies masculines antérieures ou le fort souhait de mon Papa d'avoir un garçon ? Ça tient chaud l'hiver, mais dans notre société cela dérange. Y compris les hommes, qui maintenant, s'épilent le corps.

J'ai préparé mes pinceaux.

JOUR46. Tu croyais que je t'avais oublié ? Que je ne t'aimais plus (ça c'est vrai je ne t'aime pas) ? Tu souhaitais reprendre le devant de la scène ? Fallait pas, trop sympa Covid, merci d'être revenu ! Une nouvelle suspicion au bureau de Titoun. Tu veux me pourrir les obsèques de mon frère en le réquisitionnant ? Je sens que je pourrais devenir si grossière à ton égard, que je serais interdite de lecture aux moins de 16 ans. Et tu sais quoi : pas de test de dépistage, il n'y en a pas ! ☺ Vivement le 11 mai !

Au vu de nouveaux éléments, certains chercheurs se demandent si Covid ne serait pas un virus qui s'attaque au système sanguin, et non pas respiratoire, à cause des différentes formes qu'il présente.

J'ai utilisé mes pinceaux.

J'ai fini le pot de peinture blanche que j'utilisais pour le mur extérieur. Je l'avais laissé un peu tombé. Puis finalement, il me faisait de l'œil avec son côté maculé et l'autre sale. Donc, je n'ai pas fini le mur, mais le pot. Affaire à suivre, lorsque j'aurai à nouveau de la peinture.

Je suis sortie faire une marche sportive cet après-midi. J'ai été surprise du relâchement de certains propriétaires de chiens. Les trottoirs sont remplis de crottes de leur bébé chéri. Dommage, cela leur ferait faire un peu d'exercice de se baisser pour les ramasser.

J'ai préparé mes pinceaux.

JOUR 47. Je suis sensible à toutes ces marques d'amitié, qui me réconfortent en cette période et me permettent de braver cette tempête administrative. Pas de nouvelles des PFG malgré mon insistance et toujours pas d'autorisation d'inhumer. J'ai choisi pour Lui une urne qui s'appelle « Himalaya ». Nous gravirons ensemble ce sommet, pour y découvrir le monde entier et l'embrasser de notre amour et notre compassion. En espérant que Covid comprenne et reçoive ce message.

Fait marquant du jour, c'est l'anniversaire de Titoun. Désolée, je n'avais pas anticipé de cadeau. Mais il est heureux car : « mon cadeau, c'est toi. » Un peu normal quand on est marié avec le nirvana de la Femme !

Une grosse entreprise française de gestion d'EHPAD voulait verser des dividendes à ses actionnaires. Plusieurs familles ont porté plainte contre ce groupe, car il semblerait qu'il y ait eu des manquements dans leurs établissements. Cela aurait entrainé une surmortalité anormale, par rapport à la moyenne nationale des autres structures. Très déplacé Madame la Directrice, car même si vous avez fait marche arrière en ce qui concerne cette décision, vous devriez avoir honte, en cette période, de nous avoir rappelé combien ce secteur est mercantile pour vous et non pas humain. Mais un jour, vous aussi serez âgée et vous irez peut-être en EHPAD....

J'ai utilisé mes pinceaux.

Retour à une nouvelle toile loisir. J'ai envie de tester une technique de peinture avec un pochoir en forme de petit rectangle. Pour peindre, par touches, un peu à la manière de Renoir (en toute modestie). Nous en reparlerons.

J'ai préparé ma valise.

JOUR48. Merci pour ce cadeau du matin : les batteries des deux voitures sont mortes. La première avait lâché le samedi du confinement et le lundi tout était fermé. La deuxième a décidé d'arrêter de bosser aussi. Elle ne roulait qu'une fois par semaine. Ne prend on pas goût à l'inactivité ? Sera-t-il aisé de reprendre le travail ? On râle car on est « enfermé », mais Henri Salvador nous le dit « Le travail c'est la santé, mais rien faire c'est la conserver, les prisonniers du boulot font pas de vieux os.»

J'ai utilisé ma valise.

J'ai commencé mes bagages pour lundi. J'y ajoute au milieu de mes vêtements, les nouveaux usages : masques, gants, gels. J'ai préparé une boite en métal avec trois cookies, ma fournée spéciale pour Lui. J'espère avoir le droit de la glisser dans la tombe, si toutefois l'enterrement a bien lieu.

Soyons heureux de ces quelques chiffres : les abeilles butinent plus et mieux (moins de pollutions ?), une production de miel en hausse de 45%. Les accidents de la route ont vraiment diminué de 91%, soit une économie des assurances de 2 milliards d'euros (on peut demander une remise sur ses cotisations). Titoun avait annoncé soit plus de divorces (point noir des chiffres avec une hausse des drames familiaux), soit plus de naissances, donc +37% de ventes des tests de grossesse (un baby-boom à venir ?). De belles dédicaces pour toi Covid.

La maman de Titoun est en pleine dépression de confinement. Comme pas mal de personnes âgées, pas seulement celles en EHPAD, pour qui le manque de contact est terrible. Elle ne se coiffe plus, n'a plus goût à rien. Nous essayons de lui faire coudre des masques, pour essayer de la faire se concentrer sur autre chose, que les informations en boucles. A suivre, mais mal parti.

Titoun est allé acheter une nouvelle batterie pour une des voitures. C'était la dernière en rayon ! Au début de la pandémie, il n'y avait plus de papier toilettes ; à la veille du déconfinement les gens s'aperçoivent que leur véhicule ne démarre plus.

J'ai préparé mes outils de jardin.

JOUR49. Aujourd'hui, c'est mon anniversaire. Cela passe inaperçu en cette période. Hormis les sms et appels, pas de bisous, pas de câlins. Une belle surprise de Nouchka, qui a bravé les interdits et les forces de l'ordre, en venant me livrer un gâteau basque sans gluten. Papotages, bien évidemment. On se retrouve comme dans une sorte de normalité rassurante, avec les masques en plus. Mais c'est aussi l'anniversaire du papa de Titoun. J'ai donc téléphoné pour lui souhaiter et j'ai parlé à sa femme. Toute la détresse dans sa voix et ses larmes me renvoient vers ma propre peine, que je tâche de panser. Peut-on dire : vivement la semaine prochaine que tout soit « fini » ?

J'ai utilisé mes outils de jardin.

Absents, nous avons dû anticiper la transplantation de nos bébés, juste assez matures pour prendre leur envol vers une nouvelle vie. Bon coup de tondeuse aussi, car l'herbe pousse plus vite que nos cheveux. Journée aérée.

A partir du 11 mai, amendes pour ceux qui ne portent pas de masques dans les transports en commun. Bonjour le budget : trouver et acheter des masques, ne pas oublier de le prendre avec la nouvelle attestation (?). Il y a une recrudescence des vols de masques. Il y aura aussi les tests et des brigades sanitaires qui vont nous répertorier et suivre Covid à la trace… un peu tard ? Il y a plusieurs expériences dans de nombreux pays qui entrainent des chiens à détecter les personnes porteuses du virus, et qui seront utilisables dans les aéroports.

Les Espagnols ont profité de leur confinement allégé, et de cette belle journée, pour aller se confiner sur la plage. Beaucoup de pays annoncent que leurs frontières resteront fermées aux vacanciers. Les USA qui comptent pratiquement 67 000 décès, connaissent un recul de la mortalité, et comptent environ le même nombre de morts en 24 heures que le Royaume Unis, toujours très touché avec plus de 28 000 morts. Malgré cela, il y a plus de victimes du Covid aux USA qu'il y a eu de militaires tués au Vietnam, pendant 20 ans de guerre. L'OMS est mécontente du manque de transparence de certains pays, qui empêchent d'avoir un état des lieux mondial et donc des actions fiables et bénéfiques pour tous.

J'ai préparé mon cahier et mon stylo.

JOUR50. Départ pour la région parisienne. Drôle de sensation que de reprendre la conduite d'une voiture. Je me sens comme un jeune conducteur, lors de la sa première sortie, avec son premier véhicule. Nous avons loué une voiture, car les nôtres sont peu sures pour ce genre de trajet, et me voici en train de la désinfecter avant notre départ. Nous roulons sur cette autoroute, pratiquement seuls, hormis ces camions qui continuent de faire vivre notre pays. C'en est presque bucolique lorsque nous croisons ces grandes éoliennes qui brassent l'air comme un espoir d'envol, au milieu de ces champs de coquelicots, déjà présents à cette période. A la pause repas, sur une aire, je nettoie le banc et la table avec de l'alcool.

Je repense, en conduisant sans la peur des autres voitures, à ce que me disait ma belle-sœur, « je suis la dernière » des quatre membres de cette famille. Cela te renvoie toujours vers ta propre mort : « au suivant. »

Nous arrivons chez mon frère et je suis en train de glisser la clé dans la serrure, magique ? Partagée entre excitation et peur de savoir ce que je vais trouver derrière cette porte. J'ai un geste de recul, c'est l'horreur. L'appartement est encore en chantier, les cartons sont loin d'être terminés. Et ce sang, son sang, il y en a partout sur ce dernier trajet qu'il a fait avant son départ à l'hôpital.

J'ai utilisé mon cahier et mon stylo.

Pas d'ordinateur, donc ces prochains jours seront écrits à la main et recopiés à la rentrée. Ma grand–mère paternelle et mon père remplissaient des petits carnets, avec leurs pattes de mouches. Ils notaient des faits de leur quotidien. Comme pour se garder une mémoire qui leur était propre, car parfois un simple mot y figurait. Sur la route, j'ai noté aussi mes idées, que je mettrai en forme ultérieurement, simplement parce que la force d'écrire me manque.

23h30. Nous allons nous coucher, épuisés par cette route, par ce premier état des lieux et ces premiers rangements qui nous permettent de faire un point. Epuisés aussi par ce nettoyage succinct pour « effacer » cette souffrance rouge, qui a laissé aussi une odeur fétide.

JOUR51. 04h51, le matelas gonflable de 1,10 de large, ne nous a pas réussis. En plus des idées qui ont empli nos cerveaux, moi qui dis toujours que « je n'ai rien dans le crâne », là c'est raté !

Nous avons passé la journée, à trier, ranger, jeter. Jeter… difficilement car il n'y a pas de déchetterie, Changement Climatique est heureux, pas de tri et recyclage comme chez nous, bonjour la pollution. Nous avons voyagé à travers ses souvenirs, les nôtres, sans prendre le temps de s'y attarder. Un seul déménageur a accepté de se déplacer, car pour pouvoir ramener les premières affaires nécessaires et de valeur, il me fallait un devis à présenter en cas de contrôle. Les deux voisines qui veillaient aussi sur lui, sont passées. Je leur ai offert les plantes vertes nombreuses, pour qu'elles puissent avoir une seconde vie et pouvoir perpétuer un souvenir aussi. L'une d'elle nous a connu enfants, la seconde est là depuis plus de 20 ans, son chat venait le voir chaque jour et ils s'étaient apprivoisés. Elles sont charmantes, prévenantes, présentes et réconfortantes, multipliant les preuves d'affections, nous nourrissant avec tendresse. J'ai eu le récit déchirant de celle qui l'a poussé à se rendre aux urgences, en le découvrant le matin de son épisode sanguin.

J'ai rappelé les PFG pour la troisième fois, afin d'avoir le lien à transmettre à la famille et aux amis pour qu'ils puissent assister à la retransmission de la cérémonie. On me rappelle dans l'après-midi, pour m'annoncer que finalement il n'y aura pas de film ! A 48 heures de cette journée, déjà assez pénible. Pendant cet échange, où habituellement j'aurais pété un câble, j'entends de tout : « Vous n'avez qu'à filmer vous-même. » ; « Faites venir votre famille en triant le nombre de personnes autorisées en cette période. » ; « S'il y a plus de personnes que prévues, elles ne pourront entrer et vous choisirez qui le pourra. »… je suis épuisée par cette douleur supplémentaire que vous m'infligez, mais nous règlerons cela, je vous le promets. J'avertis tout le monde de ce changement de programme. Son ami musicien me fait un compliment, lorsque j'ai fini de lui expliquer la nouvelle situation : « Je crois entendre ton frère ».

JOUR52. 04h57. Nous poursuivons notre quête, cartons en main, comme pour nous noyer dans l'hyperactivité qui empêche de réfléchir à ce côté douloureux et intrusif. L'appartement est maintenant plus lisible et plus propre. Les agences immobilières, qui passent pour la suite notariale, en sont impressionnées. Finalement, tu n'en as fait qu'à ta tête comme d'habitude, et ne m'as pas obéi lorsque je te disais de « faire faire ». Tu as voulu faire toi-même, comme dans un défi fou pour te prouver que tu « pouvais ». Tu as tout refait dans cet appartement, pour mieux le vendre et venir nous rejoindre dans cette maison, que tu rêvais d'acheter. Et oui, lorsque ta santé a été mauvaise, tu ne peux pas emprunter de l'argent à la banque… Nous attaquons le garage, empli de tous ces outils qui t'étaient si chers et importants, mais que tu ne savais pas comment trier et emballer. Nous aussi nous retrouvons face à cette tâche, presqu'insurmontable. J'y retrouve, mêlé aux siens, les outils de mon père, de mon grand-père avec qui je bricolais souvent. Avec lui j'ai appris tant de choses, qui me poussent maintenant à « démonter », avant de jeter.

Nous avons besoin, de soleil et d'air frais. Nous sortons faire le jardin. Couper, tondre, scier… Appel de mon plus jeune fils, je vois Titoun se décomposer : notre couple de voisin est mort. « Drame familial » lui a dit le policier. Que se passe-t-il ? Que remue exactement Destin en secouant sa bouteille pleine de pulpe ?

JOUR53. C'est enfin le jour. J'ai vraiment besoin de faire mon deuil. Trois semaines après son décès, nous pouvons enfin offrir la sépulture familiale à Celui qui me laisse meurtrie. Enfant, puisque Maman était malade et handicapée, je me suis beaucoup occupée de Toi. Je sais que je t'ai quitté, comme cette seconde mère qui part aussi vers d'autres horizons. Tu t'étais senti abandonné, comme cette fiancée qui t'avais lâché au début de ta maladie. Les L5 chantent « Toutes les femmes de ta vie… » Mais aujourd'hui c'est Toi qui me quittes et tu me laisses seule.

Nous arrivons au cimetière, qui est fermé à clés. Nous ne serons que deux. Les portes sont fermées, puisque la fréquentation des lieux de culte sont interdits. Nous faisons le point avec la maîtresse de cérémonie :

« - Vous lirez votre texte, je lirai les autres… », « … »,

- D'accord, et la musique ?

- Quelle musique ? .... »

(Grossièretés, grossièretés, grossièretés), une cérémonie a été organisée en amont, 48h avant on me dit plus de film.... 10 minutes avant plus de musique... (grossièretés, grossièretés, grossièretés). Solution de secours trouvée. J'ai toujours été surprise par le fait que l'on nous fasse avancer derrière le corbillard, le nez sous un pot d'échappement, vivement les véhicules électriques. Titoun se connecte tant bien que mal avec les garçons, son téléphone, le mien. On filme et on est perturbés par ce tracas qui nous empêche de vivre ces derniers instants douloureux, sereinement. La dame nous propose que son collaborateur prenne nos téléphones, pas de gants... No comment ! Je lis mon texte, me suis mouchée plusieurs fois, la dame n'a pas son livre et m'emprunte le mien.... No comment ! J'ai repéré Covid sur la couverture, content de ces échanges. On en reparlera, je vous le promets. La dame me glisse que les textes que j'ai choisis sont très beaux.... No comment ! J'avais à peine remarqué que l'urne choisie dans un catalogue, était en fait de la couleur exacte de la pierre tombale de la sépulture familiale. Son nom est déjà inscrit à la suite de nos parents, ses dates à lui, trop jeune. J'ai demandé à glisser avec eux, la boîte qui renferme mes 3 cookies et un bouquet des fleurs de Maman, qui trônent encore dans le jardin. En cette période, on finit vraiment comme un chien galeux.

En fin d'après-midi, une des voisines m'apporte deux pots de confitures. Je lui avais donné des paquets de mirabelles congelées, qu'Il avait cueillies dans son jardin. Elle a fait, pour la première fois de sa vie, des confitures. Très touchant.

Nous déterrons difficilement un des rosiers pour le préparer à sa future retraite. Je souhaite exaucer ce vœu qu'Il avait : transplanter ces fleurs, vieilles de 50 ans que notre Maman chérissait. Nous avons taillé et donné les roses à nos deux anges gardiens du moment, en leur disant au-revoir. Toutes émues, nous allons poursuivre cette route qui nous a réunies.

JOUR54. Seuls, nous sommes seuls sur le chemin du retour, de longues lignes droites sans aucun véhicule, un peu à la « Walking Dead ». Partis à la fraiche, nous arrivons en début d'après-midi. Un bon repas nous y attend, préparé avec tendresse par les enfants. Nous restons tous ensemble à effectuer diverses tâches, qui nous occupent et nous rassemblent.

En chemin, Titoun a découvert un titre dans le journal (sur son téléphone), qui l'interpelle : « nouveau cas de Covid dans son bureau. » Waouh, merci Covid de ne pas nous lâcher !

Nous allons voir notre seconde voisine, veuve et âgée, que nous entourons de notre bienveillance, pour prendre de ses nouvelles. Nous échangeons sur le suicide de nos voisins. Elle est choquée et triste. Nous les avions vus le dimanche avant de partir. « Non, pas besoin de pain, j'ai acheté 10 baguettes ». Le choix avait été fait, de ne pas annoncer notre départ du lendemain et le décès de ce frère qu'ils connaissaient, afin de ne pas ajouter de la peine à ce mal être qui habitait la femme depuis plusieurs mois. Nous prenions soin d'eux comme de nos parents : faisions les courses, donnant quelques victuailles cuisinées pour les réconforter, passer les voir plusieurs fois, échanger quelques mots et plaisanteries par-dessus le mur… Covid, tu les as aussi entrainés vers une pente dont ils ne se sont pas relevés. Elle continuait à maigrir, mal dormir et s'angoisser, avec les infos en boucle. Lui s'en fatiguait et avait même peur de tondre la pelouse, de crainte de te voir surgir dans sa demeure. Nous avons essayé de rassurer, être prévenants… Que se sera-t-il vraiment passé ce jour-là ? Les outils de jardin sont encore en attente d'une activité potentielle, comme dans une danse inachevée. Le procureur a dit « meurtre par conjoint ». Il l'a tuée avec le fusil. Il a prévenu les secours, qu'ils retrouveraient deux corps. Il a laissé une lettre expliquant son geste. Il a retourné l'arme contre lui, nous laissant tous choqués. Maintenant ce sont des nuées de badauds qui viennent voir « la maison », fermée par des scellés et se prennent en photos, devant, sans respect.

JOUR55. Nous avons occupé nos esprits dans le jardin, pour nous fatiguer les corps, dans une avancée salvatrice de notre chemin de vie. Le rosier a trouvé sa place et nous attendrons patiemment, avec espoir, une renaissance. Nos enfants sont passés, notre voisine nous a interpellés plusieurs fois, comme pour nous recentrer dans un cocon protecteur, nous éloignant de toute cette furie extérieure.

Je repense à tous les souvenirs que chacun a pu évoquer à Son sujet et certains sont vraiment bénéfiques pour ma reconstruction. Il reste de Lui cette image de discrétion, mais parfois enflammé dans certaines réactions, le sang bouillonnant hérité de notre Papa. Fiable et fidèle dans ses relations amicales. Pudique sur sa maladie, mais battant au quotidien, héritage du combat de notre Maman. Je veux pouvoir parler de Lui sans pleurer, trop tôt. La salle à manger est pleine des quelques objets de valeur que nous avons ramenés, dans la crainte d'un vol éventuel, puisque l'hôpital m'a encouragée à porter plainte, n'ayant toujours pas retrouvé ses affaires « volées » (dont les clés de l'appartement).

JOUR56. Nous allons commencer les tracasseries administratives. Titoun est l'homme idéal pour cette situation et je mesure combien il m'est précieux dans cette période où les idées ne sont pas toujours bien en place.

Ce matin, il est allé récupérer des masques tissus donné par la Mairie. Covid était partout, sautillant de joie : pas de respect de distance, pas de masques, documents qui passent de mains en mains…

Demain, il va faire le test suite aux cas possibles dans son bureau. Il reste à la maison confiné, jusqu'à l'attente des résultats de chacun.

Je suis tombée sur une page de réseau social, qui a repris l'annonce du décès de mes voisins. Ils y font un amalgame, laissant sous-entendre que c'est un féminicide. Les commentaires vont bon train et je suis effrayée de ce que je peux lire. Stop ! Vous parlez sans les connaitre, sans savoir et vous arrivez à vous insulter entre vous. Décidément, les nouvelles technologies font du mal aux relations Humaines.

JOUR57. Titoun revient de son test… le laboratoire était complètement désorganisé… il a mis en quarantaine sa carte vitale, joyeusement prise en main par la laborantine…

De nouveaux cas sont apparus dans certaines régions. Nous sommes à plus de 26 000 décès. Je vais poursuivre encore mon confinement et être attentiste. En Allemagne aussi, certains cantons voient une nouvelle infection. Le Royaume Unis avec 31 900 morts a dépassé l'Italie et ses 30 500. Aux USA, on est à plus 79 000 victimes. Mais on ne compte pas les pays où règnent un flou, ou une volonté de cacher la réalité (?), comme l'Inde, le Brésil ou les pays d'Afrique.

A bord des avions en France, il n'y aura pas de distanciation. Contrôle éventuellement de la température dans les aéroports, mais quid des porteurs sains ou asymptomatiques ?

Je vais rester derrière mon carreau et guetter les allées et venues de Covid.

J'ai préparé ma règle.

JOUR58. En France, une dizaine de personnes a été contaminée suite à un enterrement. Quand je dis que l'on meurt comme un chien dans cette période, même tes proches, les gens que tu aimes et tu connais ne peuvent partager et vivre cette peine sereinement. Sale Covid !

Des chercheurs auraient trouvé des traces de Toi dans le sperme, ce qui pourrait influer les modes de transmission. Fait étonnant, la bourse (où on ne parle que d'argent) semble craindre une deuxième vague. L'école a ré ouvert ce jour dans notre pays. Dans certaines, les enfants de soignants sont mis ensemble, dans des classes, à part. Bien sûr, on peut comprendre qu'en cas de contamination, il serait plus aisé de savoir où se trouvaient les petits. Mais ne crée-t-on pas un risque de racisme face à la maladie ?

Ce sont les saints de glace et les températures ont chuté. Le jardin s'est pétrifié, attendant des jours meilleurs et nous aussi.

J'ai utilisé ma règle.

Je peins beaucoup de tableaux dans le cadre de mes loisirs. A tel point, qu'ils envahissent la maison. Poussé par mes hommes, je vais les mettre en vente sur un site. J'ai donc passé du temps afin de prendre leurs mesures, pour les répertorier. J'en ai compté une soixantaine.

J'ai préparé mes granulés protecteurs.

JOUR59. Aujourd'hui nous avons commencé un nouveau tri, celui des affaires de mon petit frère. J'ai laissé les enfants le faire, afin de me préserver et ne pas les influencer. Il va falloir se séparer de choses, car on ne peut pas tout garder et j'ai l'impression de violer son intimité et ses choix. J'espère que nous pourrons donner une seconde vie à un maximum d'objets, pour qu'Il puisse continuer à vivre à travers cela. Je suis donc allée faire une promenade pendant ce temps.

J'ai apprécié cette marche sans mon laisser passer. J'ai eu l'impression de franchir de nouveaux territoires, déjà connus mais plus fréquentés depuis le confinement. J'avais tout de même le masque que je remontais en croisant des personnes. Ça sent vraiment la pestiférée, car les gens te regardent bizarrement : est-elle folle ou bien malade ? Tellement rares sont les porteurs, que j'ai l'impression de m'être trompée de consigne.

J'ai téléphoné aux PFG pour avoir des informations sur une date éventuelle de l'enterrement de mes voisins, car je ne veux pas qu'ils soient seuls. Compliqué : autopsie pas encore faite, pas de famille, pas de contrat d'obsèques, y-a-t-il un caveau ? Sinon ce sera au carré des indigents, après autorisation du juge de les enterrer. Elle m'a proposé de m'en occuper, mais j'ai refusé au cas où quelqu'un souhaiterait le faire (amis ou famille très éloignée). Je l'ai dit : en cette période, comme un chien !

Le Chef cuisinier nous propose un cours de cuisine prochainement... Envie, peur, attente... les sentiments se mélangent encore dans mon esprit. Finalement, ne devrais-je pas aussi arrêter d'écrire ?

J'ai utilisé mes granulés.

Il a tellement plu ces derniers jours, que mes bébés dans le jardin sont la proie des gastéropodes, en plus du manque de chaleur et de luminosité. J'ai donné à ces derniers de quoi les occuper ailleurs que sur mes plantes, en espérant en sauver quelques-unes.

Merci à Tsultim pour cette nouvelle séance en ligne qui m'a permis de me poser et me recentrer sur moi... Sauf quand la soupe de Titoun est entrée au micro-ondes...

J'ai préparé mon appareil photos.

JOUR60. Les résultats sont tombés en milieu d'après-midi : pas de Covid chez Titoun. Ils ont subi le « PCR », ce test virologique qui consiste en un prélèvement dans le nez, la gorge. Celui-ci met en évidence (plus ou moins fiable) les malades, permettant de les isoler, ainsi que leurs contacts et de les ficher. Contrairement au test sérologique, par prise de sang, qui montre si l'on a été en présence avec le virus, avec la trace d'anticorps dans le sang (mais manque aussi de fiabilité).

Cette deuxième étape dans le calendrier de l'épidémie en France est aussi spectaculaire que la première. Il y a le jour d'Avant et le jour d'Après. Avant, on était confinés et prudents. Dès le lendemain, des apéros géants organisés, sans distanciation ni masque et la police doit intervenir. Des spécialistes pensent que Covid ne nous quittera pas. Il fait le tour de la terre, en décalage et rien ne prouve que nous sommes immunisés après son passage. En Italie, le nombre de décès quotidien remonte (+262), ainsi qu'au Royaume Unis avec 624 morts en 24 heures. En France, ce sont 351 personnes qui y ont laissé leur vie et aux USA 1813. Le Brésil, dont les chiffres sont peu fiables, car les autorités sanitaires sont débordées, on a tout de même enregistré 840 décès. Le Liban se reconfine. En Suède, où la politique était le partage de Covid, on compte plus de morts que chez ses voisins nordiques. En fait, depuis le déconfinement dans notre pays, les médias font choux gras de cette vie économique qui reprend le dessus. Mais on occulte trop facilement ces chiffres qui, je leur rappelle, sont des personnes. Comment peut-on rester dans l'indifférence face à autant de tristesse ?

Nous sommes presque dans Après. Les syndicats hospitaliers ont alerté car il semblerait que la prime préconisée par Monsieur le Président ne sera pas versée, faute d'argent. Un hôpital parisien, dédié au traitement des maladies du sang, avait organisé une salle de traitement, avec les distances de précaution. Finalement, ils vont les réduire pour y ajouter des fauteuils, car il faut renflouer les caisses. Merci monsieur Mercantile d'être revenu.

J'ai utilisé mon appareil photos.

J'ai passé une bonne partie de ma journée à répertorier des objets à mettre en vente, les donner, pour leur seconde vie. Photographie, étiquetage, mise sur les réseaux…Une première vente dans l'après-midi, avec un monsieur super content de sa trouvaille, de mon petit prix et moi de faire de la place.

J'ai préparé mon fil et mon aiguille.

JOUR61. Les plages ré ouvrent demain, avec pour restriction ne pas faire de bronzette. J'attends de voir comment ils vont gérer les contrôles…

La nature s'est vraiment relâchée : les oiseaux et les chats ont pris l'habitude de squatter le jardin, au vu de notre « absence ». Mais comme ils ne font pas forcément bon ménage, j'ai un cadavre de pigeon tué par le chat et des crottes de félin, qui me ravissent lors de mes séances jardinage.

Les activités de loisirs ne reprennent pas toutes : plus de piscine car les travaux doivent être entamés (ou pas) ; pas de peinture avant septembre car les lieux de cours sont trop restreints ; cours de basque quand je le souhaite, nous ne sommes que 3 ; cours de cuisine dans 15 jours ; cours de qi gong en juin. Je vais donc me réorganiser un emploi du temps en fonction de ces nouvelles données.

J'ai eu des objets vendus dès aujourd'hui. Je suis satisfaite de voir que les personnes qui se sont déplacées, portaient toutes un masque.

J'ai utilisé mon fil et mon aiguille.

Pour nettoyer notre piscine, nous avons une grande épuisette. Elle était déchirée sur plusieurs bords, laissant échapper les choses. Plutôt que de surconsommer, je n'ai pas fait plaisir à Changement Climatique et ai recousu les bordures. Mon épuisette est à nouveau en service.

La course au vaccin est vraiment lancée de façon malsaine. Un laboratoire français s'est fait retoqué, suite à des annonces peu appropriées, par le ministre de la santé. En effet, le premier qui trouvera ce vaccin pourrait engranger des sommes colossales, au vu du nombre phénoménal de personnes à vacciner dans le monde. Beurk, encore des histoires de gros sous, au détriment de la santé....

J'ai préparé mes outils.

JOUR62. Lorsque je suis sortie, j'ai été surprise par le retour du bruit des voitures circulant à nouveau. Je n'entends plus les oiseaux. L'agitation retrouvée me perturbe, car j'ai apprécié cette parenthèse de calme. Il y a plus de 26% de personnes anxieuses à cette idée et un nouveau mal surgit : la déconfinophobie. Alors raccrochons-nous aux paroles de la chanson de Gérard Lenormand « Notre vieille Terre est une étoile, Où toi aussi tu brilles un peu, Je viens te chanter la ballade, La ballade des gens heureux... »

J'ai utilisé mes outils.

Changement de la batterie de la seconde voiture. Décidément, il faut avoir bac +5. Merci au tutoriel sur les réseaux sociaux, car nous n'étions pas trop de deux : un qui regarde, l'autre qui exécute.

J'ai préparé mes godets.

JOUR63. Covid se promène désormais en grappe. On appelle cela « cluster ». Je trouve plus poétique « le raisin », mais le résultat est moins réjouissant. Ces nouveaux foyers de maladie sont placés sous surveillance, avec isolement des malades et personnes approchées (ça me rappelle un certain pays), avec des tests systématiques (ça me rappelle un autre certain pays) afin d'éviter une deuxième vague. Mais finalement l'ado boutonneux Covid19 est toujours parmi nous. Des fêtes géantes sont organisées, certains avec des discs jockeys, sans masque, laissant çà et là leurs déchets… Merci pour cet Après.

Nous sommes allés porter des meubles à notre fils aîné, qui n'a pas pu finir son emménagement. Quelle drôle de sensation de se retrouver ensemble, avec nos masques et nos mains qui se lavent avant et après. Les petits gâteaux que j'avais préparés sont restés en espace de déconfinement.

J'ai utilisé mes godets.

Mes bébés tomates d'apéritif sont en plein développement. Il a fallu que je les sépare dans d'autres pots, afin qu'elles poursuivent sereinement leur croissance… je les ai déconfinées.

Une chose étonnante s'est produite aujourd'hui : Titoun a perdu ses lunettes de soleil et râlait depuis quelques jours. J'en ai ramené plusieurs paires de mon petit frère, amateur et connaisseur de belles paires de solaires. Comme il avait fini de trouver son bonheur et opté pour un modèle, un tableau accroché au mur, représentant une montagne…. l'Himalaya ? … a fait une chute violente au sol… sans raison…. ?

Je n'ai rien préparé.

JOUR64. En repensant à ma journée « sociale » d'hier, je me trouve « éteinte ». L'envie de rire permanente qui m'habitait, ma thérapie (?), a disparu. S'est-elle envolée de façon permanente ? Pourrait-elle revenir malgré nos masques ? Ai-je changé ? Et si j'étais devenue infréquentable, y compris pour moi ?

Je suis en phase de re-tri et re-rangement. Grâce au déconfinement, j'ai pu reprendre le vide dans les affaires provenant du déménagement de mon fils aîné. Il a pu finir de prendre ce dont il avait besoin. Je peux ainsi, vendre en seconde main à des tous petits prix et surtout, donner. Donner, ça me procure un bien être de voir les personnes heureuses de ces dons. Pour moi, l'Après, c'est ça.

En Chine, une nouvelle province de 108 millions d'habitants entre en confinement suite à la découverte de nouveaux cas. Covid a découvert les joies du manège, il fait des tours et sème sur son passage. Aux USA, où les 91 000 morts sont dépassés, le président se félicite de ne pas avoir fermé les usines, Covid aussi.

J'ai entamé les démarches avec le notaire… très compliqué pour moi, car il faut que j'y apporte une concentration dont je ne suis pas capable.

A chaque fois que j'écris le mot « déconfinement », le correcteur d'orthographe de Word, me le surligne en rouge « erreur »…

Je n'ai rien préparé (trop de rangement du garage).

JOUR65. 01h54, massage du dos de Titoun. Les tensions ça tirent.

Journée « escape game » très palpitante et pleines de surprises :

- Mon travail : Après un an et trois mois, ma requête devrait aboutir. On m'avait donné une promotion, chouette, merci. Mais, surprise ! Elle me faisait perdre sur mon avancement, des points d'indice à la retraite et 80 euros mensuellement. Je l'ai donc refusée immédiatement. Et me voilà, après tout ce temps, noyée dans les interlocuteurs et l'administratif avec (peut-être) une sortie positive.... J'avais cela dit menacé d'une grève de la faim et de m'enchainer aux grilles du bureau, nue… Je crois qu'ils ont eu peur au mot « nue »……………………..

- Hôpital : interlocutrice à nouveau absente. Je transfère le dossier aux deux noms transmis par le message de retour automatique… on recommence et on reperd du temps…………………….

- Commissariat : ma pré-plainte est formalisée. La policière ne me donne pas beaucoup d'espoir sur une « enquête » de Police au sein de l'hôpital. De plus, le fait de changer de département « administrativement » va prendre 6 mois pour que le dossier arrive en région parisienne……………………………….

- PFG : pour mes voisins, des petits cousins éloignés ont été trouvés par les forces de l'ordre. Mais ils ne veulent pas s'occuper des obsèques, peut-être seront-ils présents pour l'héritage………………..

J'ai poursuivi la quête entamée depuis 2 jours. La partie du garage occupée par les affaires de mon fils se range. Il était présent, par hasard, et je l'ai pris dans ma toile telle une tarentule. Je l'ai charmé, tel un cobra et nous avons trié et rangé ensemble. Enfin, cela donne de la clarté et de la place.

La piscine retrouve des airs bleutés, elle va commencer à me faire envie.

J'allais presque occulter ma première sortie déconfinement : le coiffeur ! Plus de mèche rebelle, les barrettes retournent se reposer dans le tiroir ; plus de cheveux multicolores, une seule couleur. La fille qui me regarde dans le miroir chaque matin a rajeuni, il en faut peu.

JOUR66. Ma journée a été rythmée par cette frénésie du tri et rangement. J'anticipe le mois de septembre, avec l'arrivée du camion de déménagement, et cela me fait peur au vu des volumes. J'ai à peine fini celui de mes grands-parents et parents.... Je ne peux me résoudre à jeter. Hier j'ai préparé deux gros cartons de choses à donner pour une jeune fille qui s'installe et accepte de prendre des objets de seconde main. J'espère qu'elle sera contente, moi en tout cas je le suis.

J'ai eu une réponse d'une des nouvelles interlocutrices de l'hôpital, elle va s'occuper du dossier...J'ai été contactée par leur cellule psychologique, qui t'offre un soutien et un temps de parole dans le cadre d'un décès d'un proche dans leur structure... ne t'inquiète pas, je vais te parler.... Je vais te dire combien j'ai la haine envers la personne qui a osé voler les affaires de mon frère, sur son lit de mort. Et pourtant, service fermé aux visiteurs, chambre seule... Tout y est passé : vêtements, papiers, argent, clés, son téléphone .... Tous les contacts dans son portable que j'aurais pu avertir de son décès, impossible. Et je vais te causer aussi de celui qui ne sait plus dans quel « entrepôt » est parti son corps...

Nous avons échangé avec les PFG, à plusieurs reprises, au sujet de mes voisins. Cette dame s'est investie dans ce dossier, au même titre que moi, touchée par leur histoire et décidée à trouver une solution. Nous avançons.

La Brésil a été rattrapé par les fanfaronnades de son président. Il y a plus de 1000 morts en une journée et c'est son ministre de la santé (le deuxième depuis le début de la pandémie) qui porte le chapeau. L'Amérique du Sud connait une forte hausse en général. En Europe on considère que la maladie est sous contrôle, même si le Royaume unis a dépassé les 35 700 décès. On parle de vacances un peu partout. Chaque pays est en train de donner des dates pour la réouverture des frontières et la reprise des vols internationaux. On sent bien ici que les préconisations sont de rester en France cet été, on ne s'éparpille pas et on reboost l'économie… Je sens que je vais me reconfiner cet été, pour fuir les hordes de touristes envahisseurs. Tu sais : ceux qui sont à longueur de journée dans leur voitures et qui klaxonnent ; ceux qui s'agglutinent sur la plage à 10 cm de toi (dédicace à Nouchka); ceux qui font caca dans la mer ou laissent leurs déchets dans la nature ; ceux qui font leurs courses au supermarché à moitié nu, nous prenant pour des sous-développés ; ceux qui boivent sans soif et se battent pendant les fêtes ; ceux qui parlent fort et nous sortent leur gros billets en nous faisant comprendre que nous sommes à leur service…..

J'ai fini ma journée par une séance avec Tsultim. Nous n'étions que 36. Le travail a repris pour bon nombre et l'appel de l'extérieur aussi, certainement. Mais cela me va bien, profiter de cette manne de compassion et son sourire perpétuel me rappelle le Dalaï Lama.

JOUR67. Journée souvenir lointains, puisque nous avons (enfin) ramené les derniers cartons des objets provenant de chez mes grands-parents. Ils étaient chez les parents de Titoun, faute de place chez nous et nous n'avions jamais pris le temps de tout retrier. Avec les nouvelles circonstances, et parce qu'il est certainement temps, nous faisons de la place. Je me retrouve comme une petite fille qui découvre des trésors. Chaque carton n'est pas forcément étiqueté et leur contenu de surprises me ramène aussi à des souvenirs d'enfance. Ne gardons que les meilleurs.

La journée, fériée et ensoleillée, a vu les sentiers de randonnée se remplir, comme les plages. On se serait cru un 15 Août. Il n'y a pas que des locaux, la barrière des « 100 kilomètres » largement franchie. En face de chez nous, un couple fraichement débarqué, du département 59, zone rouge, revenait de la plage en maillot serviette sous le bras. Merci à tous d'avoir suivi les « règles-conseils » établis pour nous protéger les uns des autres. Ce n'est pas grave, nous comptons chaque jour de nouveaux clusters. Il est vrai que ces décisions manquent de contrôleurs, notre voyage en plein confinement jusqu'en région parisienne, n'a vu aucune vérification.

Après-midi consacré au transfert des derniers plans de courgettes pour leur nouvelle vie. Espérons la meilleure que leurs sœurs. Mes expériences de repousse sont profitables, le poireau transplanté dans le jardin et les patates douces qui germent dans leur verre d'eau. Par contre, le rosier de maman n'est pas au mieux…

Premier plouf dans la piscine. Je vais braver la température un peu fraîche, car cet été sera certainement submergé de touristes, rendant les plages inabordables.

JOUR68. Sus à l'ennemi ! Mon brugnonier est attaqué par des pucerons, soigneusement élevés par une armée de fourmis. L'arbre n'apprécie pas du tout ce traitement de faveur. J'ai donc installé autour du tronc des bandes de colle, piège à bestioles. Elles sont tellement surprenantes et sont un exemple de sacrifice : pour que la communauté survive, elles ont sacrifié plusieurs d'entre elles pour créer un pont de cadavres, sur lequel elles passent et poursuivent leur quête.

Dernier jour de travail, avant ses vacances, de l'interlocutrice des PFG qui, grâce à sa pugnacité et son humanité, a réussi à donner une fin au dossier de mes voisins. Elle relève le niveau de sa collègue de la ville en « bleu et blanc » et j'avoue que le « rouge et blanc » a été largement meilleur (dédicace à MF et JR). En faisant, un débrief des échanges de la journée avec Titoun et mon autre voisine, nous avons constaté que nos sentiments étaient les mêmes : tous les jours nos regards se jettent sur cette maison et nous espérons toujours les voir pour un salut amical. Je crois que notre deuil pourra se faire lorsque nous verrons les volets à nouveau s'ouvrir. Une sensation d'abandon, comme elle le dit : « - Il n'a pas pensé à nous, en nous laissant ainsi. Nous aurions pu, peut-être, les aider plus. » On n'efface pas 25 ans de vie commune, y compris si un mur vous sépare.

Je reprends mes appels de la playlist, surtout auprès de celles et ceux que nos activités n'ont pas encore réuni.

Je suis sortie récupérer un colis en point relais… Les pseudos barrières mises en place, le non-respect ou un survol rapide… j'étais à la caisse en train d'échanger avec la vendeuse sur un souci avec un article et une dame m'a bousculée pour déposer ses articles sous mon nez et prétendre un rendez-vous urgent… Je ne vous supporte plus et vous souhaite une petite fièvre, qui vous fera réaliser combien vous êtes inconscients, impolis et égoïstes.

La box est en panne. Grâce au progrès qui relie les nouvelles technologies, plus de télévision, de téléphone fixe, ni d'ordinateur. Alors, comme *je n'avais rien préparé, j'ai sortir mon produit, mon chiffon et mon huile de coude. Je me suis lancée dans l'astiquage d'un grand plateau en cuivre, provenant de chez mes grands-parents. Ce soir, je sais pourquoi je ne veux pas de ces objets chez moi.*

Du coup, j'avais besoin d'une information que j'aurais cherchée sur internet normalement. Je me suis félicitée d'avoir un beau dictionnaire à la maison, que j'ai dépoussiéré, pour y trouver le renseignement…. que c'était bon de caresser ces pages salvatrices !

JOUR69. J'ai bien dormi, mais j'ai pourri la nuit de Titoun avec une usine à ronflements. Chacun son tour. Ce matin par contre, j'ai mal aux bras et aux trapèzes, je remercie le cuivre.

On parlait des conséquences insoupçonnées, après une telle pandémie mondiale, voici les premières. Des membres du personnel soignant, qui était en première ligne, développent, pour 47 % d'entre eux, des symptômes de grande anxiété ou post traumatiques. Chez certaines personnes, qui ont repris un travail extérieur, un phénomène de grande fatigue se fait sentir. Cela est dû au fait que le corps doive se réhabituer à un changement brutal de rythme, lié aussi aux nouvelles peurs créées par Covid. On trouve également des individus qui ont le syndrome de la cabane. Cela consiste en l'évitement de sortir au maximum et rester cocooné. Les pollutions visuelles et sonores ont repris et engendrent à nouveau du stress chez leurs victimes. Nous n'en sommes qu'au début.

Belle journée où l'extérieur nous a happés avec Titoun. Les plantations se poursuivent, après 130 pieds de tomates plantés, nous avons ressemé des haricots verts et des courgettes. Les premières framboises ont caressé notre palais. *Puis nous avons œuvré contre Réchauffement Climatique et réduit en copeaux, les tailles de bois du jardin et qui nous servirons comme paillage pour le potager.*

JOUR70. Le réveil tardif à 7 heures ce matin, nous montre combien nos esprits s'apaisent avec le temps. Il agit comme une pierre polisseuse et rend les inconforts de la vie plus faciles à accepter, pour laisser places à de doux souvenirs. Comme ceux transmis à l'Abbé qui officiera pour nos voisins. Lui ne voulait pas que l'on taille les branches du mûrier qui débordaient chez eux : « - non, ça ne me dérange pas », déclarait-il avec un grand sourire. En fait, il « pitsiquait » des fruits tous les matins, en faisant le tour de sa maison à la fraiche. Elle, avec des étoiles dans les yeux, quand je leur apportais quelques gourmandises.

Les souvenirs sont aussi sur la table de la salle à manger. J'ai installé, comme sur le stand d'une brocante, les deniers objets de mes grands-parents, à choisir pour les enfants. Quel plaisir de les voir, toute la journée, affairés à recycler de vieux objets familiaux.

Les déchetteries sont toujours fermées et nous avons pris rendez-vous pour nous y rendre. Deux personnes à la fois et pendant 10 minutes pour y officier. Nous avons donc choisi de recycler les cartons qui nous encombrent, suite au déménagement et emménagement de cette période. J'ai passé une bonne partie de la journée à découper les boites pour optimiser l'emport dans la voiture, limité aussi en mètres cubes, une fois par semaine.

Un reportage faisait état de la dernière grande épidémie de peste, qui a eu lieu en France en 1720 (No comment !). On y retrouve le confinement; les masques, fameux pour certains en bec d'oiseau ; la désinfection de l'air… Il y a encore des restes de ce mur édifié, qui séparait les zones contaminées des autres. En 2020, on fait des apéros géants et on danse ; on s'assoit sur les rochers au bord de l'océan, car le sable est interdit…

Avec le beau temps, les mouches sont ressorties friandes de ces bonnes odeurs qui circulent. Elles sont un peu comme ces aviateurs japonais, les kamikazes, qui écrasaient leurs avions sur les ennemis, pendant la seconde guerre mondiale, lançant des « banzai » vainqueurs. Elles nous survolent et rodent autour de nous à coup de « bzzz, bzzz ». Elles tentent quelques « posés-envolés » pour tâter la bête et voir si les sucs qui les attendent, valent de risquer leur vie. Puis, lorsqu'elles ont trouvé leur proie, viennent effectuer, sur votre corps, des danses endiablées de leurs petites pattes chatouilleuses et agaçantes.

JOUR71. L'Espagne et la France, qui se déconfinent chacune un peu différemment, ont choisi d'instaurer une mise en quatorzaine systématique, pour tous ceux qui veulent traverser la frontière. Finalement, on se regarde en chien de faïence, on continue de s'épier. Et puis on se critique aussi, en commentant les réactions de chacun sur cet Après. Faites ce que vous voulez, avec ou sans masque, mais ne me regardez pas comme un monstre et je ferai de même. Et surtout que chacun d'entre nous respecte la liberté des autres, sans risquer la santé collective. Il est envisagé de surveiller la propagation de Covid, par l'analyse des eaux usées… Pipi, caca, on a le droit de le dire !

Un bel Après, à noter, de la part d'un maire de la région qui a nommé un conseiller municipal, dédié à l'écologie.

Plusieurs appels copinettes qui retissent le fil d'Ariane de l'amitié.

Je parle moins de Toi Covid. Je sais que tu es tapi, quelque part. Mais je reste armée de mon masque et mon gel, prête à dégainer s'il le faut. Les huiles essentielles ne sont pas encore rangées non plus, même si leur utilisation est devenue sporadique.

Je ne sais pas si j'ai déjà évoqué le sujet dans les journées précédentes, mais comme pour moi c'est un irritant… Il a fallu que je taille les haies de mes voisins. Nous avions choisi avec Titoun de ne pas être esclaves de jolies verdures à entretenir et opté soit pour un mur, soit du grillage. Et voilà que régulièrement, je me retrouve en entretenir ces haies qui m'envahissent et ne m'appartiennent pas. Vous m'indisposez mesdames et messieurs. Vous me volez du temps de ma vie et engendrez aussi de la fatigue. Il a fallu que j'investisse dans du matériel. Donc, ces quelques lignes pour vous l'écrire : pipi, caca !

JOUR72. Il est là ! J'avais peur que Covid en ait profité pour nous entourlouper et le subtiliser. Mais non, bien présent, un peu déchaîné comme pour me reprocher cette longue absence, il m'a accueillie. Une couleur verte et la blancheur de ses rouleaux, leur bruit grondant à mes oreilles, il était propre sur lui, grâce à cette parenthèse écologique. L'océan m'a happée dans cette soif de liberté et bien-être retrouvés. J'ai délaissé rapidement la promenade côtière, emplie de personnes démasquées, pratiquant sports en tout genre, les uns avec les autres. J'ai lâché mes pieds, savourant la douceur de ce sable, qui les a épousés avec un délice suave. Ils m'ont entraînés jusqu'à la grève, pour se jeter à l'eau. Une douce fraicheur revigorante les a recueillis, rapidement oubliée par la marche volontaire que nous nous sommes donnés. J'ai avancé le long du bord, presque seule, en luttant parfois contre quelques vagues un peu plus téméraires, qui essayaient de m'enlever. J'ai marché d'un si bon train, comme portée par je ne sais quelle légèreté, et ce malgré le manque d'entrainement, que j'en ai prolongé de plusieurs centaines de mètres, mon parcours habituel. Au cours de mon périple, j'ai remarqué une forme étrange dans le sable, qui se tenait bien droite, verticale, comme pour se démarquer de ses semblables allongés au sol. Un tronc, d'un bois blanc, m'a attirée le regard et j'ai même fait demi-tour pour revenir sur mes pas et m'en approcher. Sa forme étrange se découvrait à mon esprit au fur et à mesure que je le rejoignais. Dans mon regard, on peut y voir une vierge à l'enfant. Je l'ai mis dans mon sac, comptant lui donner contours et détails prochainement, quand *je préparerais mes outils.*

JOUR73. Ce matin, le sol de la cuisine est en mouvance. Pas d'effet d'alcool à dissiper, je ne suis pas ivre. Pourtant, je le vois bouger. Je suis obligée de mettre mes lunettes pour y voir plus clair et éclaircir ce mystère. Sus à l'ennemi ! Ces fourmis auraient-elles remonté la piste jusqu'à moi, dans un esprit vengeur ? Elles sont bien là, en grand nombre, profitant de la nuit pour pénétrer l'antre. Elles ont même commencé à visiter le salon. Je m'arme de mon flacon rempli de vinaigre blanc, additionné de gouttes d'huile essentielle de menthe, et dégaine à tout va. Un coup à droite, un tir à gauche, je les inonde de ma substance y compris cette reine qui se croyait déjà en terrain conquis. Mauvais pour elles, ne jamais me prendre à froid, avant le café ! Une heure après, toujours aussi téméraires, elles tentent de nouveaux passages, mais je ne suis pas loin.

Deux départements ont décidé d'offrir un chèque aux futurs touristes. Bizarre, ils sont côtiers et habituellement très fréquentés, quelle est cette peur ?

Nous avons assisté à l'inhumation de nos voisins. Quelle tristesse d'entendre cette famille, qui les connaissait si peu, parler de succession, leurs corps encore à nos côtés. J'ai lu un texte en leur hommage, merci de m'avoir permis de le faire. Cela a donné l'image positive et amicale que nous avions ensemble et connaissions d'eux.

Cet après-midi, l'ennemi a retenté une manœuvre d'invasion. Toujours aussi armée, j'ai inondé ma cuisine qui sent maintenant plus le vinaigre blanc, que la tarte qui est au four.

JOUR74. Quelques soldats envoyés en éclaireurs, rodent encore ce matin dans la cuisine… Pan ! T'es mort ! J'ai toujours préféré le printemps : le matin les oiseaux pépient de bonheur ; la luminosité est belle ; il fait juste chaud et frais, mais pas trop ; le vert, des arbres qui s'éveillent, est juste sublime et appelle à la paix de l'esprit ; les fleurs aussi renaissent avec leurs couleurs et parfums chatoyants et les touristes ne sont pas là. Mais je n'aime pas le printemps des fourmis !

Ce matin, à la fraiche, je suis allée faire une séance de réflexologie plantaire océane. Comme Changement

Climatique nous fait de l'œil en ce printemps, avec ces 20 ° dans l'eau et ces 31° dans l'air, ça me permettait aussi d'éviter la foule. Ils ont libéré une horde de « prisonniers », qui se ruent sur les plages, à des heures plus tardives. J'ai croisé quelques personnes en conditionnelles, étalées sur leur serviette ; ça doit leur procurer un sentiment délicieux de braver l'interdiction. La mer était plus calme, et je me suis vite retrouvée happé dans le sillage d'un couple qui me précédait. Ils ont senti ma présence dans leurs roues et ont finalement abandonné, pour me laisser finir seule notre épopée. Sur le retour, une dame ma volontairement coupé la route, me frôlant et me lançant un joyeux « bonjour », auquel j'ai répondu dents serrées, c'était mon espace de confinement ! Je me suis surprise à réaliser le parcours en 45 minutes, malgré le manque d'entrainement certain, il va falloir que je rallonge encore.

Je me suis arrêtée chez le boucher ! Première sortie commerce ! Tous masqués. Un monsieur d'un certain âge est entré derrière moi en fanfaronnant : « ça y est, à partir de lundi on ne met plus de masque ! », laissant dubitatif le patron. Quel humour déplacé monsieur, vous qui rentrez sans masque dans la boutique.

JOUR75. Je vais faire dans l'auto satisfaction. Primo, parce qu'on n'est jamais aussi bien servi que par soi-même, et moi m'aime ; secundo parce que j'ai œuvré contre Changement Climatique. J'ai acheté à une coopérative locale, en difficulté, de la viande. Habituellement, ces éleveurs vendent aux restaurants, mais les bêtes sont prêtes à être tuées et nous sommes encore confinés niveau restauration de ce type. J'aide l'agriculture de ma région, je gage sur une viande de qualité et il n'y a pas d'intermédiaires qui font monter les prix.

J'ai pris rendez-vous à la déchèterie pour nous débarrasser des cartons empilés à la maison. J'ai réservé la première heure, nous ne pouvons y rester que dix minutes et deux véhicules à la fois. Nous arrivons bien avant l'heure, il y a déjà des voitures devant nous, No Comment ! Les personnes contrôlant l'accès, laissent entrer la file entière et nous nous retrouvons à dix dans l'enceinte, No Comment ! Finalement, ce retour à la civilisation entraine chez moi de l'énervement. Arghhhh !

Depuis la libération des « prisonniers », les forces de l'ordre ont enregistré une hausse de 15% des grands excès de vitesse, certains doivent avoir des ailes qui ont poussé sur leur voiture !

JOUR76. Première réunion familiale autour des parents de Titoun. Nous profitons du beau temps et mangeons à l'extérieur pour garder une distance de sécurité. Des plaisirs simples qui accrochent un sourire à tous, sauf à ma plancha qui a rendu l'âme, exténuée par trop de travail d'un seul coup.

Bon anniversaire à mon petit (barbu), je t'Aime aussi. Le deuxième des trois, mon petit comédien. Tu me rappelles ma grand-mère paternelle, toujours très drôle dans ses imitations. Tu aurais fait un excellent comédien et Maman aurait adoré te voir faire le pitre.

La semaine prochaine, l'aéroport rouvre. Les oiseaux du matin vont avoir à nouveau de la concurrence, tant pis !

Le président des USA a mis sa menace à exécution et retire sa contribution à l'OMS qu'il juge incompétente dans le traitement de cette crise. Quel pas en avant ! Je suis le plus fort du monde ! J'entends Covid qui rigole et appelle tous ces copains.

Ici, à l'hôpital, il ne reste qu'une personne en réanimation. Sur 50 personnes testées, trois seulement étaient porteuses. Une petite accalmie qui permet aux soignants de souffler.

J'ai préparé mon panier d'osier.

JOUR77. Il y a eu ce jour plus de 3 000 nouveaux cas en Iran, 16 000 aux Usa, 12 000 au Brésil, 9 000 en Russie, 5 500 au Chili, 1 500 au Royaume Unis, 2 800 au Mexique… Le déconfinement des uns, occulte la propagation de la pandémie chez les autres. On réagit comme au début de sa diffusion : « c'est loin maintenant ! » Et s'il revenait par l'autre porte, dans un tour de passe-passe infernal…. Gardons l'œil ouvert.

Je suis sortie, en grand, dans la vraie vie : j'ai fait des courses dans trois commerces différents. Masquée, du gel avant, du gel après, distance de sécurité… Désormais, lorsque je prends un rendez-vous, je demande à être la première, quand tout est encore aseptisé. Les câlins me manquent, mais pour le reste, je vais m'y faire, j'ai toujours été un peu sauvage.

J'ai utilisé mon panier d'osier.

Cueillette de petits pois. J'avoue, j'en ai mangé autant que j'en ai ramassé. Le top, ce légumes frais, en salade aves quelques feuilles de menthe… J'en salive encore.

J'ai préparé mon bol.

JOUR78. La piscine est en panne et revêt une jolie couleur verte « alguée » en seulement une journée, c'est beau la nature !

Je relance l'hôpital qui m'avait annoncé l'envoi des affaires de mon frère, il y a plus d'une semaine…

J'ai utilisé mon bol.

J'ai ramassé les framboises de printemps. Une jolie production, mangée, mise de côté aussi au congélateur pour une future gelée. Mon péché mignon, une sardine à l'huile avec des framboises fraîches dessus. Merci au Chef pour ce partage de recette !

Les USA sont en feu, depuis quelques jours, non pas à cause de toi Covid, même si les 109 000 décès sont dépassés. Un seul mort a embrasé le pays, car il s'agit d'un homme noir écrasé et asphyxié par un policier blanc ; son agonie filmée ayant durée plus de 20 minutes. Les manifestants, pas tous violents, portent des masques de protection contre le virus. Les différents propos racistes qui fusent, y compris dans la classe politique, le renfort des réservistes dans certains états, font que certains policiers ont décidé de rejoindre par solidarité le mouvement de protestation et posent un genou à terre. En France, un mouvement à la mémoire d'un jeune homme décédé il y a quelques années de façon similaire, réunit beaucoup de monde aussi, malheureusement le masque et les distances ne sont pas respectés, en espérant que tout ira bien.

J'ai préparé mes plans.

JOUR79. Un signe de Destin aujourd'hui : j'ai reçu le colis de l'hôpital, déçue de son contenu car il manque les affaires essentielles. Et dans le même temps, un autre est arrivé contenant un cadeau que je lui avais commandé, avant le confinement, et que j'avais oublié...

J'ai utilisé mes plans.

J'ai repiqué dans le potager les plans de patates douces, que j'avais mis à germer il y a quelques semaines. Donc je les surveille comme l'huile sur le feu, de peur des gastéropodes.

Bonne nouvelle, tous les rosiers replanté ont commencé à donner de nouvelles feuilles, petit coup de pouce d'en haut...

J'ai préparé mes graines.

JOUR80. La piscine est passée à un joli vert fluo, bientôt elle va briller dans la nuit. Comme il pleut des cordes, j'attends avant de mettre des produits pour lui redonner une couleur qui fait envie (même si j'adore le vert).

J'ai utilisé mes graines.

Nouvelle expérience potagère : j'ai une orange bio que j'ai mangée (oh, la pauvre) et dont j'ai récupéré les graines. Mises en pot pour germination et suite à donner. Mes semences de poivron sont en train d'émerger, bientôt un grand saut dans le jardin....

J'ai passé, encore, ma journée à faire du tri et du vide. Finalement, j'adore ça. J'ai un sentiment de légèreté qui s'installe au fur et à mesure que les objets partent. Vente, dons, cadeaux... tout est mis en œuvre pour un recyclage, qui a pris de l'ampleur depuis ce confinement où on a beaucoup parlé de surconsommation.

J'ai préparé mon chiffon.

JOUR81. Deuxième jour de grosses migraines, ce n'est pas mon style. Covid ? Fatigue ? Besoin d'ostéo ?

Les cafés et restaurants rouvrent leurs portes. Quel plaisir de voir ces personnes sur certaines terrasses, les unes à côté des autres, proches et sans masques. Ils ont raison de profiter de la vie, pendant que d'autres se battent encore pour leur santé. Certes, on ne doit pas s'arrêter de vivre, c'est la phrase que l'on se répète face au terrorisme. Mais cet ennemi, tout aussi invisible, nous prendra peut-être lui aussi par surprise, donc juste un peu de vigilance.

J'ai utilisé mon chiffon.

En rangeant, je suis tombée sur une vieille lampe à huile de mes grands-parents, en cuivre. Je vais encore me faire les muscles ! Alors j'ai frotté, j'ai découvert le brillant d'antan à force de persévérance. Par contre, on m'a menti : j'ai frotté la lampe, mais il n'y a pas eu de bon génie et je n'ai pas pu faire de vœux.

J'ai préparé mes vêtements.

JOUR82. J'ai la désagréable tâche de vous faire part du décès de Tawashi 1ère du nom. Après toutes ces semaines de bons et loyaux services, elle a décidé de s'effilocher pour mieux partir, un peu comme un écheveau de la vie, que d'autres dérouleront un jour aussi. En attendant, place à la deuxième, à qui nous souhaitons la bienvenue.

Changement Climatique, fait la fête aujourd'hui : la température de l'océan, ici, est de 21°. En cette période, c'est parfaitement incroyable. Les poissons n'aiment pas le sauna et bientôt le pipi des touristes achèvera ce réchauffement, car ils sont dans les starting block.

Un élu d'une ville côtière s'est rendu compte, que beaucoup de deux-roues faisaient du bruit avec leur moteur. Il l'a découvert, dit-il, au moment du déconfinement. Il pense à légiférer sur la chose. Voilà un Après surprenant, mais pourquoi pas.

J'ai utilisé mes vêtements.

Echange de ceux d'hiver avec ceux d'été. Les uns au grenier, les autres dans le placard. Malgré cette météo qui fait le yoyo, je le fais car ce ne sera plus à faire !

Suite à la perte de cet homme aux USA, le monde entier organise des manifestations (masquées ou pas) contre le racisme. Rarement Avant, nous aurions assisté à une telle solidarité.

J'ai préparé ma papèterie.

JOUR83. Fête des mamans. Le plaisir retrouvé des familles qui se recomposent petit à petit. Les EHPAD peuvent à nouveau accueillir des enfants. Il me manque vraiment le bisou et le câlin.

Comme nous avons encore des soucis de connexion avec internet et la télévision, nous avons repris des habitudes de confinement. Je n'ai pas rangé le scrabble. Mais la vie économique qui a repris, pose un problème pour effectuer la déclaration des impôts. Encore une source d'énervement que j'avais oublié.

Les voyants sont au rouge en Iran et en Amérique du Sud. Ces courbes ascendantes et effrayantes sont occultées par nos plaisirs futiles retrouvés. La Suède a connu la semaine passée le plus haut taux de mortalité.

J'ai utilisé ma papèterie

Avec les années, nous avons accumulé bon nombre de matériel scolaire. Notamment de la papèterie, disséminée un peu partout dans la maison et au grenier. Décision de tout trier, sectoriser et vérifier l'état de fonctionnement. Pour les engins en bois et à mine, ils sont heureux de passer par un massage dans le taille crayons. Au final, les dons s'annoncent…

J'ai préparé les garçons à l'action.

JOUR84. 4h00 ! Non ce n'est pas l'heure de mon réveil, c'est le résultat de ma playlist. Je l'avais désirée et je l'ai construite au fil des jours, en l'enrichissant de mes coups de cœurs. J'ai même certains artistes qui réclament leur place dans celle-ci. Pour le moment, je l'écoute au fil de l'eau, sans jamais avoir réussi à le faire d'une seule traite. Surtout que j'y ajoute toujours des titres.

Cours de cuisine aujourd'hui. C'était fun, toutes avec le masque et des distances de sécurité. Nous avons mangé séparément, pour libérer nos museaux affamés. Ça m'a fait plaisir de rire à nouveau, je m'aperçois que c'est vraiment naturel chez moi de faire le pitre.

J'ai utilisé la réaction des garçons.

Ils ont quitté la maison pour leur envol naturel, loin du nid (douillet) parental. Mais ils y ont laissé bon nombre d'objets. Notamment,

chacun une étagère remplie de chaussures. Ils ont mis de côtés celles
à conserver et, à part, les autres. J'ai nettoyé les autres et j'en ai fait
un lot à donner. Ah, quel bienfait !

J'ai coupé des herbes.

JOUR85. Je suis retournée au lac faire une promenade, avec ma correctrice de lecture. Première sortie dans ce lieu familier depuis le déconfinement. Beaucoup plus de fréquentation qu'auparavant, tant mieux les corps se bougent. J'ai marché avec mon masque, car nous avons croisé un grand nombre de sportifs démasqué, suant et pulvérisant des gouttelettes autour d'eux. C'est décidé, après la levée de l'état d'urgence du gouvernement, je crois que je continuerai à porter le masque dans les lieux publics fermés. Plus de 1600 morts au Brésil.... le manège tourne.

J'ai utilisé mes herbes coupées.

J'ai préparé des spaghettis au saumon et je suis allée dans mon jardin
y cueillir les herbes aromatiques. J'étais fière de pourvoi récolter mes
semences passées et contente de la qualité de mes produits. Pas besoin
de jardin, les garçons ont les mêmes dans des pots à la maison.

J'ai préparé ma peinture.

JOUR86. Relâchement dans les bonnes résolutions de certaines entreprises. Le gouvernement en a retoqué certaines, car elles ont arrêté d'acheter des masques français, pour se tourner à nouveau vers les produits chinois. On s'est plaint, Pendant, que trop d'industries étaient délocalisées et que cela posait des problèmes d'approvisionnement… Et nous voici, Après, avec des mauvaises habitudes trop vite retrouvées.

J'ai utilisé ma peinture.

Mon fils aîné s'est retrouvé avec un vase, dont la jolie peinture intérieure est partie au premier nettoyage. Maman, mise à contribution, a sauvé la vie du contenant, pour s'entendre dire « qu'il était plus beau qu'avant » ! Artiste, quand tu t'éveilles…

J'ai préparé mon sécateur et ma scie.

JOUR87. Avec la prise de conscience de certaines collectivités, il a été décidé de passer une partie du boulevard, qui relie nos 3 communes, en piste cyclable. Vite fait, bien fait, une pétition circule déjà pour l'interdire. On ne dirait pas comme ça, mais Changement Climatique rigole pendant que moi je pleure.

J'ai utilisé mon sécateur et ma scie.

Anticipation de l'hiver, oui je suis la fourmi, un peu cigale parfois. Nous avons gardé les branches du laurier taillé. Je fais du petit bois pour allumer la cheminée. Il est minutieusement rangé et trié par grosseur.

J'ai préparé la menthe.

JOUR88. Je suis allée au marché ce matin, à pieds. Une organisation, avec un sens de circulation, est mise en place. Les allées ont été élargies et les espaces entre commerçants étendus. C'est une bonne démarche de la part de la municipalité. Quel dommage, toutes ces personnes (âgées pour la majorité) sans masque, agglutinées les unes aux autres.

En France, on se félicite : il n'y a eu que 24 décès en une journée… Je ne peux pas supporter ce satisfécit.

J'ai utilisé la menthe.

Première grosse poussée, vite récoltée. Cette menthe poivrée m'a permis de réaliser plus de 3 litres de sirop. Ce délice accompagnera nos journées ensoleillées. Même si la couleur naturelle, kaki, en effraye plus d'un, habitué au vert fluo des sirops industriels.

J'ai préparé ma recette de pain.

JOUR89. Il est a noté, aujourd'hui, une hausse inquiétante de nouveaux cas, dans le nord-est de la France, plus de 20 nouveaux malades quotidien. La courbe des décès au Brésil a dépassé celle de l'Italie de plus de dix mille morts, ce qui porte les chiffres à 43 000. L'Amérique du Sud continue à être durement touchée. Aux USA, une tendance à la stabilisation, mais avec plus de 117 000 décès. Malgré tout, Covid est encore bien présent, réparti indifféremment autour du monde et de nombreux pays connaissent toujours une courbe ascendante du nombre de personnes infectées.

Le suivi des malades pose un réel problème aux médecins. La méconnaissance du virus, entraine des soucis auprès des patients sur leur Après. Des symptômes vont et viennent, des handicaps apparaissent… un retour à une vie « normale » est très lointain pour certains.

J'ai utilisé ma recette de pain.

Je suis tombée en panne de levure boulangère pour faire mon pain. La magie d'internet m'a permis de trouver plusieurs recettes pour faire un pain de dépannage, avec de la levure chimique. Testée et adoptée.

J'ai préparé mon cirage.

JOUR90. La Chine est à nouveau en ébullition grâce (ou à cause) de Covid. Onze quartiers résidentiels ont été à nouveaux fermés à Pékin, suite aux nouveaux cas détectés.

J'ai utilisé mon cirage.

Dans les chaussures triées par les garçons, dont j'ai donné la plupart des paires, il y a quelques modèles de très bonne qualité. J'ai redonné un coup de fraicheur avec l'huile de coude et le matériel de cirage, récupéré chez mon grand-père. C'était, d'après C.Aznavour « un temps que les moins de 20 ans ne peuvent pas connaître », celui où les escarpins étaient en cuir uniquement et dont la corvée consistait à les faire briller.

J'ai profité d'une belle journée pour sortir mes chaussures de marche. Je suis descendue jusqu'à l'océan. C'était agréable de l'entendre au lointain avant même de le voir, je savais qu'il était déchaîné. Je portais mon masque à chaque fois que mon chemin croisait d'autres personnes à proximité. Sur ma route, au moment où je passais à côté d'un couple démasqué, l'homme m'a crié un énorme « bouh » en vociférant : « - Vous faites peur. » Merci monsieur pour cet échange constructif et pour vos postillons, stoppés par mon masque et mes lunettes.

J'ai préparé mes godets pleins.

JOUR91. Nous avons la joie de vous annoncer la naissance imminente de bébés roses. Sur deux des pieds replantés, si tout va bien, des fleurs vont faire leur apparition. « Carnet à rose » à suivre.

J'ai utilisé mes godets pleins.

La journée, dédiée au potager, a vu la transplantation des derniers légumes encore en godets à l'abri à la maison. Ils ont rejoint leurs amis dans le jardin. Les premières tomates vertes se présentent sur quelques pieds.

Monsieur le Président a annoncé les dernières étapes du déconfinement. Tous les élèves (sauf les lycéens) retournent à l'école, c'est obligatoire. On verra.

J'ai préparé ma patience.

JOUR92. Ce matin la Chine a fermé une dizaine de nouveaux quartiers, encore ! Et pourtant, on ne parle plus de « pandémie ». Serait-ce une tournée supplémentaire offerte par Covid ?!

J'ai utilisé ma patience. Bientôt à bout.

Je me heurte à la modernité des services publics. Plus de possibilité de faire certaines démarches en sous-préfecture, tout passe par internet. Je dois refaire la carte grise volée, du véhicule de mon frère. Mais le contrôle technique n'étant pas à jour, je ne peux pas… un imbroglio qui me fait batailler depuis plusieurs jours. Arghhhh !

Titoun s'est réveillé couvert de boutons. Cela ressemble fortement à ce qu'il avait déjà eu, il y quelques années : piqûre de chenilles processionnaires. Il a nettoyé sous le sapin de la voisine, couverts de nids. Attendons de voir la propagation, car cela pourrait n'être que des résidus de poils urticants, moins nocifs qu'une chenille vivante.

J'ai préparé ma peinture loisir.

JOUR93. Les représentants de la mairie de Pékin ont déclaré que « la situation est préoccupante ». Pour qu'ils l'annoncent, c'est que cela doit l'être. Surtout que l'inquiétude est renforcée par les nouvelles en provenance d'Inde, toute proche.

Covid trépigne de joie car aujourd'hui il y a, en France, une journée d'action syndicale, avec des grèves et des manifestations.

J'ai fait ma peinture loisir.

J'ai fait de la peinture loisir. On m'a donné des petits bocaux en verre. J'ai utilisé le reste de peinture du vase de mon fils, pour tester sur un bocal et voir si on peut avoir un beau photophore. Je laisse sécher.

Je suis allée faire quelques courses dans un supermarché, qui se trouve à 3 km de la maison. A pieds. Sac à dos, masque, gel et portemonnaie, me voilà gaillardement en route. Aller impeccable, ça descend, petite pluie rafraichissante. Le retour, sac chargé et en montée, avec un beau soleil, un peu plus lent. Je me suis imaginée sur un parcours de commando, avec le sergent qui me motive bruyamment. Bonne fatigue finalement et en récompense un carré de chocolat, que je venais d'acheter !

J'ai préparé mes copeaux de savon.

JOUR94. Invasion de fourmis volantes dans la cuisine. Décidément, ce sera mon année. J'ai redégainé mon pistolet à vinaigre.

Fermeture à Pékin des écoles et suppression des liaisons aériennes. En Inde, on compte, selon l'OMS, plus de 2000 morts par jour. Je repense aux premières lignes que j'écrivais et la situation me semble vaguement familière. Nous sommes maintenant dans l'insouciance du départ en vacances, loin de leurs inquiétudes. Décision prise, je suis allée faire un plein de stock alimentaire ce matin…

J'ai utilisé mes copeaux de savon.

Dans les cartons qui me restaient de mes grands-parents, et que je viens de finir de trier, j'ai trouvé deux sacs de savons de Marseille en paillettes. Petit tour sur internet pour trouver une bonne recette de lessive maison ; ni une, ni deux, bidon prêt à l'emploi. Et j'ai de quoi en refabriquer. J'alternerai avec ma lessive maison, à base de cendre.

Petit tour au jardin, les bébés poivrons ont fait le bonheur de gourmand(e)s et ont disparu…J'ai pollinisé manuellement les citrouilles et potimarrons. Fin des petits pois, la place sera occupée par des haricots plats montants.

J'ai préparé mon kéfir.

JOUR95. J'ai reçu un courrier qui demandait à mon frère de faire connaître ses souhaits, concernant les spermatozoïdes conservés depuis une vingtaine d'années, à l'hôpital. C'est donc moi qui les ai contactés. Je leur ai demandé, selon les possibilités, de : soit les donner pour la recherche, soit les offrir à une famille qui en a besoin.

J'ai préparé mon substitut de kéfir.

J'ai réalisé une préparation à base de kéfir (un substitut en poudre, car je n'ai pas « le vrai »), que je vais laisser macérer environ 48 heures. Cette boisson, pleines de bienfaits, est un miracle de la nature pour moi. Les graines qui servent à la recette, se développent à nouveau et permettent de faire (à l'infini) sa boisson. Ainsi, les familles se transmettent, depuis plusieurs générations, les graines.

Reprise des cours de qi gong, en extérieur, limité à 10 personnes. Un temps idéal, nous avons pu pratiquer dans un parc ombragé. Certains exercices étaient rendus magiques par le lieu. L'un d'entre eux notamment, où il fallait se pencher en arrière et mon regard était absorbé par l'arbre majestueux au-dessus de moi et complétait la synergie avec la nature.

J'ai préparé mon white spirit.

JOUR96. Matinée « lève tôt pour les sportives. » Nous avons profité de la fraicheur pour aller faire une belle marche de 12 kilomètres, dans une jolie baie de la région, avec Nouchka. Le masque ne nous a pas empêchées de papoter, tout en allant bon train. Une promenade idéale, en semaine, peu fréquentée avec un soleil naissant.

J'ai utilisé mon white spirit.

Mon expérience peinture de bocal pour faire des photophores n'est pas concluante. La lumière rendue ne me convient pas. J'efface tout, mais pas certain que je recommence de la sorte.

Changement Climatique fait une nouvelle expérience avec ses joujoux humains. Il a été découvert en Sibérie, suite à de nombreux décès suspects, qu'une tique hybride était née. Elle est la résultante de deux espèces différentes qui, suite aux campagnes d'éradication, se sont reproduites ensemble pour donner vie à un monstre. Non seulement celle-ci porte les différentes maladies des deux espèces mais, en plus, elle en transmet une qui donne la mort. Pourvu que ça reste loin !

J'ai préparé ma scie.

JOUR97. Une usine allemande a découvert 1500 nouveaux cas, chez son personnel. Suite à cela, la zone est reconfinée. Pendant ce temps, en Corée du sud, une seconde vague est réapparue depuis le mois de mai, mais ils ne l'annoncent que maintenant. Le Brésil dépasse désormais les 50 000 décès, de ce que l'on peut en savoir.

J'ai utilisé ma scie.

Titoun a une jolie scie électrique que je n'arrive pas à maîtriser et qui me fait peur, car elle sursaute comme si elle allait bondir et s'échapper. J'ai trouvé une scie à bois très pratique et peu onéreuse. Je profite pour continuer mon travail de fourmi et j'ai fait du petit bois cet après-midi. Bien classé par taille, bien rangé, nous voici parés pour cet hiver.

Premières mirabelles. Elles sont peu nombreuses, car la grêle de ce printemps les a fait tomber de l'arbre cocon. Donc, elles seront dégustées.

Nous avons assisté à la télévision à un match de foot, dans certains pays ils ont repris. Le stade étant encore interdit aux spectateurs, pour motiver les joueurs, une sonorisation avec des cris de foule a été installée. On se croirait dans une sitcom, avec les rires des spectateurs.

J'ai préparé mon moule en silicone.

JOUR98. C'est une journée à double fête aujourd'hui. La fête des pères et celle de la musique.

J'ai utilisé mon moule en silicone.

Les enfants ont souhaité que nous mangions ensemble, pour célébrer la première des fêtes. J'ai pâtissé un joli gâteau dans un beau moule en silicone et l'ai customisé avec des décorations. Le temps ensoleillé nous a permis un repas, sur la terrasse, avec des distances entre nous. Cette parenthèse nous a fait à tous le plus grand bien, car depuis le déconfinement nous avions du mal à être tous réunis. Plaisir de choses simples.

Le président des USA est reparti en campagne présidentielle sur le terrain. Il a annoncé qu'il avait demandé à ses équipes de diminuer la quantité de contrôles du Covid, car cela faisait augmenter le nombre de cas. Je crois que l'on peut en rire, il vaut mieux !

La fête de la musique a été l'occasion de quelques échauffourées entre personnes, qui ne respectaient pas des distances de sécurité. Ça a valsé !

J'ai préparé mes CD.

JOUR99. Le moteur de la piscine est réparé. Elle a abandonné son vert lagon pour retrouver, petit à petit, son bleu azur. Et dans quelques heures, c'est moi qu'elle va retrouver !

J'ai utilisé mes CD.

Les premières mûres sont mûres. Bienheureusement les vols de merles autour du pied m'ont mise en alerte, car les noires se cachent (pour ne pas être dévorées ?). Les oiseaux aussi gourmands que moi, font une sélection ne mangeant que la partie noire et laissant à terre le rouge du fruit, pas encore mature. Donc, afin de partager avec les maitres des lieux, j'ai installé dans les branches de vieux CD Rom. Ils ont la particularité de les éblouir, en dansant, au fil du vent.

Il a été décidé en France, de diminuer le nombre de vols aériens à l'intérieur du pays. Ceci, n'en déplaise à Changement Climatique, afin de poursuivre ce bienfait écologique et diminuer aussi la pollution sonore des riverains d'aéroports.

J'ai préparé mon verre ballon.

JOUR100. Belle matinée pour offrir à mes plantes de pieds un gommage. L'océan était très agité et la température redescendue à 15°, vivifiante pour les mollets. D'ailleurs son visage offrait une multitude de points noirs. Les surfeurs, en combinaison, pouvaient s'en donner à « glisse joie ». Décidée à rallonger mon parcours habituel, dans le même temps imparti, je me suis aperçue de la longueur du chemin parcouru, lorsque j'ai croisé la partie de la plage occupée régulièrement par les naturistes. Un homme y trônait fièrement, comme dans une « standing ovation » et je promets, je n'ai pas regardé. Surtout à cause du bob blanc qu'il portait en couvre-chef, ça gâche tout !

Pari réussi, j'ai bien marché et étais bien zen sur le retour. J'ai tout de même réussi à m'énerver lorsqu'un chauffard m'a klaxonné à maintes reprises parce que je respectais la limitation de vitesse de 30 km/h. Il a fini par me faire une dangereuse queue de poisson, en pilant juste devant moi. Monsieur, est-ce parce que je suis une femme au volant (dont les statistiques prouvent qu'elles ont moins d'accidents que vous) ou bien aviez-vous une diarrhée aigüe, qui vous a poussé à me faire chier ?

Du coup, j'ai abusé de mon verre ballon.

Je fête mon Père Cent d'écriture. Pour moi ce n'est pas une fin, mais une histoire qui se poursuit. Alors, buvons à cela et à Nous, au monde bienheureux qui nous entoure et profitons de l'Amour les uns des autres.

Certaines stations balnéaires espagnoles s'interrogent sur le fait que l'eau de mer, salée et chaude, pourrait être facilitateur du transport de Covid. Bonne question, on n'est plus à ça prêt.

J'ai préparé ma peinture.

JOUR101. La Guyane se reconfine.

Il est sous-entendu par le conseil de sécurité, qu'une seconde vague de Covid est possible à l'automne. Un humoriste se demande si ce conseil ne serait pas composé d'enfants, car comme par hasard, le reconfinement aurait lieu à la rentrée scolaire !

J'ai utilisé ma peinture.

Fini, il est fini ! Le fameux mur, qui avait manqué de peinture à cause du confinement, a renoué avec mon pinceau et s'est laissé caressé jusqu'à la fin. Maintenant, je sens que son voisin d'en face en est jaloux.

La Floride et le Texas s'affolent, trop de nouveaux cas en 24 heures. Ils pensent que leur déconfinement était prématuré… Ce qui semble inquiétant c'est que deux amis sont revenus la semaine passée de Miami, par avion, et qu'aucun contrôle n'ait été fait ni au départ, ni à l'arrivée. Covid adore les voyages !

J'ai préparé ma yaourtière.

JOUR102. Sus à un nouvel ennemi ! Ma plantation d'aneth à la maison est attaquée par des pucerons, verts fluo, qui font mourir les plants. J'ai vaporisé avec une mixture bio, qui fonctionne bien sur le citronnier, mais pas dans ce cas. Donc j'ai coupé les plantes restantes, que j'ai fait sécher au soleil et mises en bocal, pour une utilisation ultérieure.

J'ai utilisé ma yaourtière.

Je fais mes yaourts maison depuis plusieurs années. Mais depuis le début du confinement, ma souche pour refaire une nouvelle fournée est toujours issue du lot précédent. En fait, je garde toujours un yaourt pour faire les suivants. Donc, je n'ai pas acheté de nouveaux yaourts depuis une centaine de jours! Fière de moi et de la cuisine économique.

L'Italie se reconfine, du côté de Naples, suite à une nouvelle contamination, issue de travailleurs saisonniers arrivés d'ailleurs. L'Algérie aussi se reconfine, car il semblerait que les gens ne respectent pas suffisamment les gestes barrières.

J'ai préparé mon sucre.

JOUR103. La fameuse tique mutante dont j'ai parlé précédemment, a été repérée en Europe... concours avec Covid, c'est à celui qui nous pourrira le plus !

J'ai utilisé mon sucre.

Les enfants sont allés en montagne ramasser des myrtilles. Pour prolonger le plaisir d'en manger, j'ai fait de la gelée. J'ai mis la pulpe de fruits restante au congélateur, pour déguster des tartes tout au long de l'année. Fière de moi et de la cuisine économique, oui, je sais : encore !

JOUR104. Les filles sont absentes aujourd'hui et nous nous retrouvons tous les quatre. Bizarre cette sensation, j'avais oublié. C'est là que l'on apprécie ces plaisirs simples, en famille grâce au Covid, les pendules de l'amour familial ont été remises à l'heure dans beaucoup d'endroits.

Aujourd'hui c'est le second tour des élections municipales, retardées à cause de la pandémie. Très drôle, merci à tous ces élus qui ont pris les précautions pendant le vote et qui les ont balayées à l'annonce des résultats : on fait tomber les masques, on se congratule, collés-serrés…

Une belle leçon semblerait avoir été retenue pour notre vie d'Après. En effet, 6 grandes métropoles du pays ont été remportées par le groupe politique « écologiste-les verts. »

J'ai préparé mes tennis.

JOUR105. J'ai la joie de vous annoncer la naissance des plusieurs roses, du rosier de Maman. Après une transplantation difficile et un début hésitant, il a trouvé ses marques et ce cinquantenaire nous offre une belle parure. Je suis contente d'avoir pu accomplir ce projet fraternel.

J'ai utilisé mes tennis.

Une course m'obligeait à me rendre dans le centre de la ville voisine. Adieu ce réflexe voiture, quel plaisir de profiter du beau temps. J'ai découvert des coins que je ne connaissais pas. Je me suis offert un plaisir simple et rare : j'ai mangé une glace au bord de la mer.

Deux enfants de 4 ans ont été détectés positifs au Covid dans notre commune. Ecoles fermées, personnes en contact testées… Sacré virus, toujours le roi de l'entourloupe.

Une vidéo tourne sur le fait que le port du masque diminue l'apport en oxygène. No comment !

J'ai préparé mes tennis.

JOUR106. En Chine, une nouvelle forme de grippe porcine, transmissible à l'homme vient d'être découverte, suite à la contamination d'un groupe de travailleurs. Pourrait-on faire une pause ?!

J'ai utilisé mes tennis.

Marche matinale avec Nouchka, dans la campagne environnante. De la verdure, du silence, du soleil, de la fraicheur en sous-bois, que demander de plus ? Plaisir simple ☺

Plusieurs grosses entreprises procèdent à des licenciements. Difficile de dire si elles profitent de cette crise pour le faire.

J'ai préparé mon sucre.

JOUR107. Une émission hier soir faisait un bilan économique et social sur la gestion de la crise. Deux choses m'ont marquée : la prise de conscience des français sur l'état de nos hôpitaux, en voyant les photos de nos soignants obligés de se fabriquer des blouses de protections, à l'aide de sacs poubelles. La seconde, concernant l'Italie et l'entraide européenne. La seule ville de Bergame compte plus de 5000 décès. Leur appel à l'aide n'a été entendu que par la Chine, la Russie et Cuba.

Tirons vraiment des leçons de tout cela, car notre marge de progression est inadmissible.

J'ai utilisé mon sucre.

Un ami a cueilli une vingtaine de kilos de prunes jaunes. Il connait une bonne adresse : la mienne. Il est arrivé pour me les donner car « il sait que j'ai toujours du sucre dans l'armoire, pour faire des confitures. » Me voici à nouveau fourmi pour cuisiner une spéciale Cathy, avec citron et épices ajoutés.

J'ai préparé mon sucre (oui, encore !).

JOUR108. Les USA s'affolent, plus de 50 000 nouveaux cas en 24 heures.

Je suis allée chez la coiffeuse. Plus de masque, certains clients refusent de les porter. Que peut-elle faire ? les renvoyer chez eux ? les obliger ? Difficile pour ce genre de petit commerce, après la crise, pour qui le moindre habitué est important.

J'ai (encore) utilisé mon sucre.

Cette fois, c'est la voisine qui m'a donné des groseilles. Impossible de les manger, trop acides pour moi. Donc, elles prennent la direction de la casserole, pour finir en gelée.

J'ai préparé mon sac à dos et mes tennis.

JOUR109. En France on dénombre plus de 200 clusters, qui sont « sous contrôle ». Aux USA encore 50 000 nouveaux cas en une journée.

J'ai utilisé mes tennis et mon sac à dos.

Décision prise, je vais aller jusqu'au supermarché à pieds. Mes 7 kilomètres avalés avec un sac lourdement rempli de victuailles, m'ont malgré tout fait apprécier cette nouvelle façon de me déplacer. J'aime de plus en plus quitter la maison, en lançant un « à tout à l'heure » à la voiture. Je change mon parcours à chaque fois et prends plaisir à tourner la tête de droite et de gauche, pour profiter du monde qui m'entoure. Par contre, j'avoue ma déception d'être passée dans la minorité, avec mon masque dans le magasin.

J'ai préparé mon petit pinceau.

JOUR110. Je continue à vider la maison, notamment avec des dons. Je reste frappée du nombre de personnes qui te contactent, intéressées par tel objet, et te posent un lapin, sans plus donner de nouvelles. J'ai autre chose à faire que de vous attendre. Trop d'impolitesse, de manque de considération de l'Autre. Donc je vous le dis haut et fort, que ce soit gratuit ou pas, ne vous cachez pas derrière vos écrans pour devenir des malotrus. Je suis une personne et je ne vous manque pas de respect. A bon entendeur, si ça continue je vais aller jeter à la déchèterie.

J'ai utilisé mon petit pinceau.

Petite pensée subliminale de mon Titoun : « c'est vrai qu'il aurait fallu peindre le petit rebord du mur ». Rassure-toi mon amour, je décrypte bien ton message codé. J'ai peint le petit rebord, avec mon petit pinceau, assise sur mon petit coussin et je l'ai fait en une petite heure.

Décidément, l'OMS s'inquiète de la situation en Amérique du nord. Hier plus de 57 000 nouveaux cas. En fait, ce qui pose problème, c'est la gestion de cette pandémie par états et non pas à un niveau global. Cela favorise les vas et viens de Covid, au gré des allers et venues des Américains. Au Portugal, Lisbonne se reconfine.

J'ai préparé le karcher.

JOUR111. Les médias se veulent détendus en nous parlant vacances et beaux paysages de France. Est-ce une pause pour dédramatiser la situation mondiale ? Tous les jours, il y a dans notre pays 30 décès de plus, certes cela est peu… ou encore trop ! Aux USA, il y a eu plus de 47 000 nouveaux cas, mais le Président se veut rassurant. Ouf, tant mieux ! Au Brésil aussi, le chef d'état poursuit ses bains de foules pour démontrer que tout est sous contrôle et que l'épidémie s'éloigne. Heureusement !

J'ai utilisé le karcher.

Profitons de cette belle journée pour passer le nettoyeur. Le mur jaloux n'attendait que cela. Nous nous relayons avec Titoun. Le soir, j'ai mal aux bras. Sportive cette activité !

J'ai préparé mon crépi.

JOUR112. Le Mexique a dépassé les 30 000 morts, mais choisi de commencer le déconfinement. Intéressant, à suivre ! Bon suffit, c'est dimanche, jour de repos.

J'ai utilisé mon crépi.

Allez, on va le faire tout beau ce mur ! Avant de le rendre plus blanc que neige, on lui applique les pansements nécessaires, pour une « vraie » seconde jeunesse. Il fait chaud, au moins le nettoyeur d'hier nous rafraichissait !

Nouvelles graines de haricots semées. J'ai taillé le mirabellier, car il a pris ses aises. Les mûres donnent vraiment beaucoup et les oiseaux prélèvent allègrement leur part. Seul bémol sur les courgettes, c'est la dernière année que j'en plante, elles sont sans fleurs femelles.

J'ai préparé mon petit pinceau.

JOUR113. *J'ai utilisé mon petit pinceau*

Titoun qui a l'œil de lynx, quand ce n'est pas celui de velours, a remarqué que le haut du mur que j'ai peint, manque de finition. Petit pinceau en main, avant que le soleil ne soit dessus, j'ai « fignolé ». Ça y est Titoun, c'est fait. Je fais quoi maintenant ?

Plus de 100 000 morts aux USA, au Brésil plus de 50 000. Du côté de Barcelone, on se reconfine. L'agence de la santé est inquiète quant à une deuxième vague, qui pourrait arriver plus vite que dans leurs prévisions. Le souci c'est que le personnel médical est déjà fortement impacté par la fatigue et que, de plus, Covid fait évoluer les symptômes et de nouvelles formes se montrent. Toujours aussi joueur !

JOUR114. Une conséquence terrible de la pandémie vient de se produire ici. Un chauffeur de bus, qui réprimandait des jeunes montés dans le bus, sans avoir payé et sans porter de masque, s'est fait agresser. Roué de coups, il est en état de mort cérébrale. L'Après n'est pas admissible dans de telles conditions.

L'Australie se reconfine et la Galice aussi. L'OMS déclare que si on arrête de respecter les consignes de sécurité, on peut être certain que ce virus va poursuivre sa route. Je suis effarée du nombre de personnes qui ne portent plus le masque dans les commerces. C'est un manque de respect de l'autre : si tu ne t'aimes pas, ne me pollues pas. Une commerçante me disait qu'elle avait perdue des clientes qui refusaient de mettre le masque…

J'ai préparé mes pieds.

JOUR115. En France, 450 personnes sont mises en quatorzaine suite à un cluster important. Et au Brésil, la nouvelle du jour : le pauvre président en a fini de ses bains de foules, il est tout propre…non… pardon, il a enfin réussi à faire la connaissance de Covid ! Désormais il porte un masque, c'est plus prudent !

J'ai utilisé mes pieds.

Marche au bord de l'eau de bonne heure. Ce matin la mer est très forte, ce qui fait le ravissement des surfeurs. Cela me fait réaliser que c'est une situation de pleine conscience pour moi. En effet, les vagues puissantes et surprenantes qui viennent de dévorer les pieds parfois, seraient susceptibles de me déséquilibrer et m'entraîner avec elles. Mon attention doit être maximale.

J'ai démonté ma chaise.

JOUR116. L'année 2020 est vraiment une année de transition. Pour la planète, mais aussi à titre individuel. Toutes ces péripéties ne sont pas toujours négatives. Mon fils aîné a été pressenti pour intégrer une nouvelle entreprise. Après 3 ans dans celle-ci, pour différentes raisons, il a choisi de prendre le pari du changement et vient de signer un contrat ailleurs. Pour mon second fils, nous venons de signer chez le notaire l'acquisition d'un local neuf. Il sera désormais chez lui et va pouvoir donner vie à son rêve, comme il le souhaite. J'entends Black M qui me chante : « Sur ma route, oui ; il y a eu du move, oui... »

Je suis allée au magasin pour ma chaise.

J'ai deux chaises de cuisine, que je n'arrive pas à vendre, même pour 5 euros. Donc je vais m'amuser un peu et tenter de les relooker. J'ai ôté le revêtement tissu et suis allée (à pieds) chercher un nouveau tissu. Que de choix... Heureusement une vendeuse super sympa m'a bien guidée au travers de ce dédale, et après plusieurs minutes d'hésitation, achat fait ! Affaire à suivre.

J'ai préparé ma peinture.

JOUR117. Le port du masque est obligatoire en Catalogne, y compris à l'extérieur, suite à la hausse fulgurante de nouveaux cas. Ici c'est le contraire ! Les ministres s'embrassent et se congratulent, les terrasses sont bondées, les commerçants déplorent les incivilités suite au non port...et les médecins s'inquiètent. Mais comme le résume si bien un journaliste : « -on ne pas forcer les Français. » Avec ça, tu as tout dit !

J'ai utilisé ma peinture.

Me voici, appelée à la rescousse, en train de réparer les dégâts causés au vase de mon fils aîné. Oui encore, le même ! Un abus d'eau chaude et de produit inapproprié pour le nettoyer ont eu raison de son fond. Donc, on prend les mêmes et on recommence. S'il vous plaît, attention au prochain nettoyage, j'aimerais bien faire autre chose.

J'ai préparé un bocal.

JOUR118. Une tribune portée par des médecins a été publiée. Elle parle de leur inquiétude face au relâchement de la population démasquée. Ils sont inquiets car le personnel médical est au repos et se demandent s'ils pourront faire face à nouveau, suite à une réelle augmentation du nombre de clusters. Même à l'assemblée, il a fallu réprimander certains députés qui vociféraient en ôtant leur masque et postillonnaient sur leurs confrères.

J'ai utilisé mon bocal.

Aujourd'hui, on me fait don de graines de képir. Je prends ce cadeau et promets de le faire prospérer. Je vais le partager avec les enfants afin que chacun puissent bénéficier des bienfaits de la boisson.

JOUR119. Mr Destin a envoyé un sombre clin d'œil aux chauffeurs de bus de l'agglomération. Ils ont obtenu et signé un accord avec leur direction. Quelques instants plus tard, leur collègue agressé est décédé, comme s'il partait en paix.

Le président Serbe a établi un couvre-feu de confinement, suite à la hausse des cas de Covid. Cela a déclenché des émeutes et des violences. No comment !

J'ai préparé mes pinceaux loisirs.

JOUR120. Il a été constaté que, pendant le confinement, bon nombre de femmes n'ont pas porté de soutien-gorge à la maison. Et beaucoup d'entre elles, Après, poursuivent cet abandon. Enfin libres ☺

Par contre, les chiffres des ventes de rouge à lèvre est en chute libre et celui du mascara en hausse. On mesure l'effet masque !

Il est à noter que les USA perdent pied avec plus de 76 000 nouveaux cas.

J'ai utilisé mes pinceaux loisirs.

Pas pour le plaisir, mais pour une commande particulière. Titoun a un cadeau d'anniversaire à faire et ne trouvait pas d'idée. Comme la personne est fan de bouddha, je lui ai proposé de faire un tableau et de lui offrir. J'ai honte, cela m'a pris 10 minutes et la personne a été comblée de joie en le découvrant. Au moins, une heureuse. Je culpabilise de me dire que cela se vend un prix d'or.

J'ai préparé un repas de famille

JOUR121. Encore des médecins qui réclament l'obligation du port du masque dans les lieux publics et fermés… En Catalogne, la région a reconfiné plus de 200 000 personnes.

Aux Usa, on a vu, enfin, un président et son staff qui portent le masque, suite à plus de 66 000 nouveaux cas. Les gens sont tellement mal informés, qu'il y a des « Covid parties » qui sont organisées. Cela consiste à faire la fête avec des personnes contaminées et le premier qui tombe malade a gagné. Un jeune, qui en est mort d'ailleurs, a dit à une infirmière qu'il pensait que Covid était une fake news. Heureusement que c'est un pays développé ! Et j'espère surtout que cette info, elle aussi, est un fake.

Nous avons déjeuné en famille.

En fait, le but était de faire une réunion et de « brainstormer » pour le projet concernant la nouvelle salle de sports. Donc comme toute peine mérite salaire, après le travail de groupe, le repas des collaborateurs.

JOUR122. SOS, on est tombé sur la tête. Un tribunal vient d'annuler la mise en confinement de la Catalogne, suite à différentes plaintes déposées. Allez, tout le monde dehors ! Covid trépigne de joie et attend tout ce beau petit monde. Plusieurs « rave parties » sauvages ont été organisées en France. Des masques sont distribués aux participants, qui ne les portent pas.

Un médecin disait, sur une radio nationale d'informations, qu'il ne faut pas parler de deuxième vague, car nous sommes toujours dans la première. De plus, il s'insurgeait contre la comparaison avec la grippe, car disait-il, celle-ci ne dure que 4 à 6 semaines ; là, il n'y a pas eu d'interruption.

J'ai préparé ma scie.

JOUR123. C'est la fête nationale, avec ses bals, ses feux d'artifices, ses commémorations militaires… ou pas ! Saveur particulière, mais ce sera mieux une prochaine fois.

Les chercheurs Chinois se sont rendus compte que Covid, mutait en fonction de son cheminement. En fait, il va s'adapter à la typologie de la population du pays qu'il touche, de façon à faire le plus de dégât possible. De ce fait, le virus qui frappe à nouveau leur pays est devenu complètement différent de celui de départ. Pas facile pour un vaccin efficace.

J'ai utilisé ma scie.

Comme je marche beaucoup, je me suis décidée à travailler le haut du corps. Il me reste pas mal de bois à couper pour cet hiver. Bonne séance en ce bel après-midi, entrecoupé par des arrêts fréquents au mûrier pour pitsiquer les jolis fruits qui me hélaient à chaque passage. Ce soir, j'ai mal aux bras et je n'ai pas faim.

Je vais monter au grenier.

JOUR124. Une écoute, suite à la tribune de ces derniers jours des médecins, semble se préciser. Le gouvernement réfléchit à rendre le masque obligatoire, à nouveau, dans les lieux fermés. Ceci est dû à la nouvelle hausse du nombre de malades, qui font appels aux hôpitaux. Ce serait pour le 1er août, dommage qu'il faille attendre.

Je suis montée au grenier.

Et j'en suis redescendue ! Dans ma folie de faire du vide, je suis tombée sur une multitude effrayante de poches en plastiques, remplies elles-mêmes d'autres poches. Pourquoi avons-nous conservé cela ? Allez, pas besoin de réponse, direction la déchetterie. Ça me procure un bien être de faire du vide. Serait-ce une façon de couper des cordons ombilicaux avec un passé douloureux ?

J'ai préparé du scotch.

JOUR125. Une chaine de magasins Américaine a rendu l'entrée de ses commerces avec port du masque obligatoire. Nos voisins Basques du sud aussi, à nouveau. Pour la France, le nouveau premier ministre a décidé de ne pas attendre le 1er août, ce sera semaine prochaine. Je suis allée au marché et, finalement, il y a plus de masqués, uniquement dans les supermarchés…

J'y ai rencontré une vieille copine et nous avons échangé un bon moment, contentes de nous retrouver. Je lui disais combien j'appréciais de ne plus utiliser ma voiture, au profit de la marche. Pour elle, c'était le contraire, mais elle culpabilisait. Le confinement, et peut-être son besoin de liberté, l'avait poussée à marcher énormément. Depuis le déconfinement, elle avait repris son véhicule, car elle était à nouveau « pressée », toute retraitée qu'elle est. Avouant tout de même l'incongruité de la chose !

J'ai utilisé mon scotch.

On m'a donné une chaise de bureau en tissu noir. Cool ! Mais non, horreur : elle est couverte de petits poils de chat, blancs, parfaitement incrustés dans le tissu. Ayant résisté à un bon brossage, j'ai opté par un « scotché-décollé, scotché-décollé, scotché-décollé, scotché-décollé, … », qui en sont venus à bout. Trop forte !

JOUR126. Le Brésil compte plus de 1000 morts ce jour et a dépassé depuis quelque temps les 76 000 décès. Les USA sombrent aussi avec plus de 140 000 morts à aujourd'hui. L'Inde, pour ce que l'on en sait, est à plus de 25 000.

Aujourd'hui j'ai fait plus de 15 kilomètres à pieds. Marche avec Nouchka en pleine nature le matin et après-midi un rendez-vous extérieur. J'avoue qu'un bon massage des mollets, le soir, ne m'a pas fait de mal. J'ai pu apprécier ce vent qui soufflait de la mer. J'aime le sentir me chahuter, il me rappelle que les flots ne sont pas loin et apporte de la fraîcheur. Tout comme j'apprécie, en hiver la douceur du vent du sud. Il vient bousculer nos journées froides, en apportant une mystérieuse légèreté enivrante, « le vent des fous » le surnomme-t-on.

J'ai préparé la menthe du jardin.

JOUR127. Les fiancées ne sont pas là, nous nous retrouvons à table, tous les 4, comme avant. J'aime ce bonheur simple, familial et ces rires que nous échangeons, comme quand nous étions gosses et jeunes. Déjà fait, déjà dit… Finalement, cet amour me comble, tout simplement.

J'ai utilisé la menthe du jardin.

Mes feuilles et tiges de menthe ont macéré 24 h dans l'eau bouillante et vont me permettre de réaliser 3 litres de sirop. Après, c'est distribution, car il est meilleur quand c'est partagé. Idéal en cette saison.

J'ai préparé mes graines de kéfir.

JOUR128. Nous sommes allés dans le garage de mon père, qui nous sert à entreposer différentes choses issues des déménagements successifs. J'ai fait don de 2 armoires à un gentil couple, marqué par la vie et la maladie. Ce vide que je fais donne aussi l'occasion de belles rencontres et permet de se remplir de bonnes ondes.

Le gouvernement rend obligatoire le port du masque dans les lieux fermés, fréquentés par du public, à partir de demain....

J'ai utilisé mon kéfir.

Premier kéfir à base des graines que l'on m'a données, il y a quelques jours. Quel délice, bien meilleur que le faux kéfir que j'avais. J'ai hâte de voir sa reproduction et pouvoir moi aussi en donner, à mon tour

Joyeuse naissance des nouveaux plants de roquette, ils sont sortis en 48 heures seulement ! Et surprise, au bout de plus d'un mois, éclosion des pépins de citron bio, je n'y croyais plus.

J'ai préparé mes casseroles.

JOUR129. Les clusters ne cessent d'augmenter en France. Il y a eu par exemple, un match de football, d'un très grand club, organisé sans le respect des distances de sécurité... avec 5000 personnes ensemble... No Comment !

J'ai passé une partie de ma journée à organiser le déménagement de l'appartement, et de la voiture de mon petit frère. Faire coïncider chaque intervenant, prendre RDV avec le notaire qui doit estimer les biens avant le transfert. Prendre rdv avec les amis à qui je laisse des objets en souvenir. Prendre contact avec les représentants des usagers de l'hôpital pour tâcher d'avancer sur ce dossier, puisque l'interlocuteur fait la sourde oreille, sans le moindre respect pour mon chagrin et la personne que je suis... Madame vous êtes la partie honteuse de nos hôpitaux, les administratifs ne sont pas les vrais héros de notre système de santé, bien malade lui aussi.

J'ai utilisé mes casseroles.

Journée conserves. L'affluence de légumes en cette période réveille la fourmi qui est en moi. Il ne faut pas gâcher, après les dons, je cuisine le reste et fais des réserves pour l'hiver. Fatigant, mais quel plaisir de manger des tomates ou des courgettes toute l'année, mais surtout des légumes de saison, mâtures et gouteux !

JOUR130. Mon petit subit toujours les conséquences de sa valse avec Covid. Il est souvent pris de grosses fatigues et de difficultés à respirer. Je n'ose imaginer les cas les plus graves.

Il semblerait que le nombre de décès à domicile serait au nombre de 1500, ce qui porterait le chiffre total en France à plus de 31 000. Le président des USA a enfin pris la mesure de la dangerosité de la pandémie et sort désormais masqué, avec des recommandations pour ces concitoyens.

J'ai préparé ma peinture.

JOUR131. Ras le bol ! Soyez respectueux de notre planète, des autres, des cantonniers…arrêtez de jeter vos masques dans la rue. Il y a une multitude de lieux où les déposer. Des entreprises de recyclages se sont créées, c'est l'occasion de leur donner du travail.

J'ai utilisé ma peinture.

C'est décidé, je finis mon mur extérieur. Titoun en sera ébloui, ce soir, en rentrant. Moi aussi, car la réverbération est forte, je vais prendre un coup de soleil à cause de cela ☺ . J'adore peindre, même si ce n'est pas du loisir créatif. Il doit y avoir quelque chose de subliminal…à creuser !

JOUR132. Je suis allée marcher à la fraiche, pieds à l'eau. Cool, personne. Un plouf dans cette eau à 22 °. Quand je repars, je constate que les plages sont surpeuplées. Les gens sont tellement avides de vacances, qu'ils en oublient les distances de sécurité et s'agglutinent, alors qu'il y a des kilomètres de sable inoccupé.

Ici, il y a de nouveaux cas. Des dépistages massifs et gratuits sont organisés. Malheureusement, certaines personnes positives ne sont pas mises en quarantaine et vaquent en toute liberté, impunité et contagiosité. Une suspicion de cas chez Titoun. Pas de test possible avant 3 jours dans sa zone… No comment ! Un grand merci à ce client « partageur » qui, refusant de respecter les consignes sanitaires, a craché sur mon Amour… ça change des insultes !

Les USA sont vraiment un pays intéressant : après un acteur, un business man, c'est le tour d'un chanteur d'annoncer sa candidature aux élections présidentielles. Le rêve américain…. peut-être pas celui des Américains.

J'ai préparé la photo de Titoun.

JOUR133. Le nombre de cas en France s'accélère : plus de 1000 en une journée et cela inquiète nos gouvernants. Les jeunes se lâchent et font la fête, des réunions de famille s'organisent, tout cela est propice pour Covid. Les jeunes sont porteurs, mais pas malades. En famille, on baisse la garde car on se sent en sécurité, puisqu'on se connait.

J'ai utilisé la photo.

Petite visite chez la Magicienne pour nettoyer en profondeur. Cathy, t'es sérieuse ? ou bien est-ce ton esprit qui vacille ?

Je prépare mes plaques et mon filet

JOUR134. Les touristes sont arrivés en masse. Nous avons fait des courses par obligation : c'est sûr, je me reconfine, ils m'ont fait peur avec leurs microbes partout. Je suis tranquille avec mon stock et je leur laisse la place.

J'ai utilisé mes plaques et mon filet

Retour du soleil et de la fourmi. En été, je passe beaucoup de temps en cuisine pour faire les conserves hivernales. Entre autre, je fais des légumes et fruits séchés. Bien étalés, en tranches fines, ils se dorent la pilule. Je les mets côté pile, puis face... entre 24 et 48 heures de bronzage et hop ! Le tour est joué, à nous le melon et les fraises séchés cet hiver, que dire des tomates gorgées de soleil et de saveurs... Trop facile ☺

JOUR135. Il doit y avoir un Après, forcément, nous sommes tous impactés, chacun à notre façon, mais nous sommes touchés quelque part. Cela change ou changera nos personnalités. Nous devrons nous réadapter. Comme le dit mon amie Espagnole : « C'est bizarre cette nouvelle normalité, ça nous affecte quand même. » Aux USA, les vendeurs de vélos sont en rupture de stock. Ici, c'est au tour du matériel de randonnée. Mais ce qu'il faudra avant tout, ce qu'il faut, c'est de la tolérance. Respectons-nous dans nos choix, à partir du moment où cela ne nous met pas en danger, les uns par rapport aux autres. Vous l'avez compris, je suis pour le port du masque, car je crois les médecins qui le préconisent. Alors laissez-moi dans cet état, sans porter de jugement, et ne me parlez pas de complot, « la vérité est ailleurs » et pas forcément là où on l'attend.

JOUR136. En Belgique, à Anvers la ville se reconfine et le port du masque est obligatoire à l'extérieur aussi. Ici, les maires de plusieurs communes se posent la question sur ces rues piétonnes qui sont envahies de touristes. Certains jeunes sont assoiffés, de liberté aussi, et font la fête sur les plages la nuit, collés serrés et parfois bagarreurs. Un médecin propose de les laisser faire, afin qu'ils se contaminent et renforcent leurs défenses immunitaires. Mais à condition de ne pas fréquenter parents et grands-parents…. Les résultats en Suède de cette méthode sont plus que mitigés. Mais je ne suis pas médecin !

JOUR137. Une bonne marche matinale en pleine nature avec Nouchka. Rien de tel pour se recentrer sur l'essentiel : aimons notre corps, car il nous accueille avec bienveillance.

Je suis triste de voir les Américains sombrer, avec plus de 150 000 morts. Le Brésil aussi, sans compter que leurs chiffres sont plus imprécis. Des chiffres, encore et toujours. Les gens attendent le vaccin comme LA solution pour se sortir de cette crise. Mais les médecins rappellent que, pour le moment, la méthode la plus efficace pour se préserver est le port du masque et les gestes barrières.

JOUR138. Le masque, ici, dans nos rues, est obligatoire… La peur de cette masse de touristes provenant de tous les coins de l'hexagone… Une personne déclarait au journaliste qui l'interrogeait : « Les vacances nous font oublier Covid, et le masque aussi. »

D'ailleurs, je voulais souligner que Covid avait changé de sexe. En effet, depuis plusieurs jours on dit « La Covid ». Trop facile les garçons ce sexisme ! C'est parce que Covid vous casse vraiment les pieds, c'est ça ? ☺

JOUR139. Températures caniculaires, 41° ici ! Il a fait tellement chaud et sec que les tomates ont cuit sur pied. Elles sont devenues toutes molles, comme si on les avait ébouillantées.

J'ai préparé et utilisé mes casseroles en urgence.

Pour ne pas perdre ces jolis fruits, je me suis mise en cuisine et j'ai fait des bocaux de sauce tomates.

Il a fait tellement sec, et il n'a pas plus depuis trop longtemps, un feu a détruit une grande partie de la forêt communale. Quelle tristesse écologique.

JOUR140. Ah, la grande question Covid du jour : « lorsqu'il pleut doit porter son masque ? »

Au Brésil, la question ne se pose même pas en ces termes, il faudrait en avoir assez. Plus de 8000 nouveaux cas chaque jour !

Je prépare ma ponceuse.

JOUR141. En Allemagne, une manifestation anti-mesures sanitaires a rassemblé plus de 17 000 personnes démasquées. J'ai vu Covid qui s'y baladait, heureux comme tout. Cela permettra peut-être une immunisation collective.

J'ai utilisé ma ponceuse.

J'ai (enfin) rapatrié une table, que je tiens de mes grands-parents, qui était stockée chez mes beaux-parents. Nous avons décidé de l'utiliser, mais un relooking s'impose avant tout. Je vais d'abord la poncer pour ôter le vernis, qui a souffert, et retrouver la patine originelle. Je pense que je vais être occupée pendant plusieurs jours. Chouette.

JOUR142. Je passe beaucoup de temps en cuisine, car l'affluence de légumes en cette saison demande du travail. Je fais la fourmi, mais avec ma playlist de 4 heures de musique, je cigale aussi.

Je poursuis mon vide maison de façon effrénée, car je vois arriver l'échéance du déménagement de mon petit frère, qui va me remplir à nouveau l'espace pour de nombreux mois.

Ma plainte contre l'hôpital est classée sans suite….

JOUR143. Je marche, je ponce, je nage, je cuisine, je trie… j'ai un agenda de ministre. Comment faisais-je avant pour réaliser tout cela, en travaillant ? Moins vieille peut-être. Dans tous les cas Maintenant, c'est moins dans le speed.

J'ai préparé mes pinceaux.

JOUR144. Le gouvernement envisage de permettre aux foires et salons de se tenir à nouveau à partir du mois de septembre. Et pourtant, en une semaine, il y eu une augmentation de plus de 54% de nouveaux cas en France.

Lorsque nous marchons avec Nouchka, nous avons le masque autour du cou et nous le relevons lorsque nous croisons d'autres personnes. Un monsieur, au deuxième tour, nous a lancé un « Je n'ai pas la peste », auquel j'ai rétorqué « moi, si ». Comme le rappelait un médecin du Grand Est, avec tout l'affect dans la voix, encore marqué par son expérience Covid : « Soyons solidaires entre nous, portons les masques pour nous protéger les uns les autres. »

J'ai utilisé mes pinceaux.

J'étais enthousiaste de participer à un concours de dessin, car dans ma tête plein d'idées se bousculaient. Puis, je me suis rendue compte, au fur et à mesure que je couchais sur le papier les couleurs, que je n'aimais pas travailler avec des contraintes. Donc, j'ai fait, mais sans plaisir. Je ne suis pas faite pour les commandes ou choix préétablis, il me faut de l'espace.

En France, un homme s'est fait tabasser à coup de battes et de barres de fer, devant ses enfants, car il avait fait remarquer à un homme que le port du masque était obligatoire.

J'ai préparé ma patience.

JOUR145. J'ai eu l'hôpital au téléphone au sujet de la « disparition » des affaires de mon frère. C'est moi qui ai appelé. Je passe les détails, qui m'obligent encore à temporiser : «- J'attends encore une réponse d'un service, vous comprenez, bla bla bla… » Cette conversation a rapidement basculé dans une crise de larmes, tellement je me contenais pour ne pas lui hurler dessus, car ce n'est pas respecter mon deuil. Elle m'a donné une date. RDV pris.

J'ai rencontré pour mon problème de posture, le podologue. Nous avons longuement échangé et passionné par son métier, il a partagé bon nombre d'informations avec moi. Il m'expliquait de façon très poétique, que l'être humain est comme un arbre : en vieillissant, il cherche à s'ancrer pour garder de la stabilité et, tout comme les racines qui vont en profondeur, les doigts de pieds se mettent en griffes.

J'ai utilisé ma patience (mise à mal déjà par les 16 minutes d'appel à l'hôpital).

Encore une panne du service de la box, plus d'internet, ni de télévision. A peine un mois après la précédente. Téléphone, restons poli, le pauvre n'y est pour rien. Menacer le SAV pour avoir une remise de facture, plusieurs fois… Nous sommes leurs choses !

Je vais profiter de soleil.

JOUR146. Coiffeuse à la rescousse. On coupe tout et on recommence. Je rencontre une personne qui est contre le port du masque. Et après notre conversation, je me dis qu'elle est persuadée d'avoir raison et que moi aussi. Nous sommes tellement submergées d'informations, vraies ou fausses, manipulatrices ou pas, que notre santé est mise (peut-être) en danger, quelque part, sciemment ou pas. Arrrrgh ! Comme dans cette publicité où deux hommes sont statiques, alors que le monde autour d'eux s'écroule : « - Mais que faire Einrich ? Que faire ? »

J'ai profité du soleil.

Nouvelle mise en sèche de fruits et légumes. Cette fois–ci, ce sont des tomates et des poires.

JOUR147. Ce matin, réveillés à la fraiche, nous nous levons et allons tenter un sauvetage du potager. Il est 6 heures du matin et nous sommes dédiés à la douche, tant attendue par nos légumes. Arrosoir en main, nous faisons des allers retours à la source : nos conteneurs, réserve d'eau. Cela est la conséquence de Changement Climatique, qui retient la pluie depuis plus de 30 jours. Il doit se moquer de nous, mais peu importe, cela nous donne l'occasion de faire du sport.

En me relisant, je m'aperçois que je parle beaucoup du masque. Alors, vous connaissez mon point de vue et ma prudence, donc je vais arrêter d'en parler et laisser le temps dérouler son fil d'évènements. Ikusiko dugu !

JOUR148. Une crise d'intolérance alimentaire me tenaille aujourd'hui. Elles avaient disparu depuis quelques semaines, me permettant d'oublier un régime contraignant. Mais cette douleur réapparue, me remet sur un chemin de prudence et je vais refaire attention, c'est certain.

Il y a eu au Liban une explosion sur le port de Beyrouth, qui plonge la ville dans une crise depuis 2 jours, dont les stigmates marquent la communauté internationale. La solidarité s'organise et Covid est loin de nos pensées, dans ces instants douloureux.

JOUR149. J'ai monté ma petite entreprise de « sèche ». Je suis super organisée : fruits ou légumes, plaques du four pour mieux répercuter la chaleur, filet contre les insectes et soleil, beaucoup de soleil ! Tout y passe, j'expérimente comme un savant fou…oui, on le sait, je suis barrée. Tomates, melon, poires, fraises, cives… Je vais même tenter l'ail noir au soleil, mais là ce n'est pas gagné, affaire à suivre.

Le nombre d'hospitalisations est en forte hausse en France, l'effet vacances sans doute.

JOUR150. Trop de légumes dans le jardin des parents de Titoun. Je partage aussi aux voisins et amis. Cela m'a donné l'occasion d'aller jusqu'à la ville voisine, à pieds. Sur le chemin du retour, j'ai décidé de prolonger ma marche pour profiter de la chaleur encore peu excessive. J'ai fait mes 5 kilomètres bien tassés. Après-midi, nage dans la piscine, 50 longueurs avalées. Le soir, devant une bonne série, 10 kilomètres en vélo. Par contre, extinction des feux à 21 h 30 ☺. On peut dire que ma journée a été sportivement profitable, en plus du reste…

JOUR151. Mr Changement Climatique continue de faire des siennes. Il nous donne les premières figues, avec un mois d'avance. Pas de panique : dons, entreprise de séchage (le kéfir sera content), congélateur et une belle tarte maison.

Deux clusters importants ici. Ce sont des jeunes adultes qui sont touchés. L'ARS déclare que remonter la piste des contacts est très compliquée, car ils ont côtoyé beaucoup de monde… Il s'en moque Covid, il se promène comme ça. L'Australie se reconfine, avec des amendes conséquentes en cas de non-respect.

Appel de mon fournisseur d'internet et TV : « Nous avons constaté le dysfonctionnement. Nous avons demandé une expertise externe pour résoudre le souci. Ce ne sera pas avant 3 mois…. ». En attendant, tu fais « code-phare » avec tes 500 micros coupures quotidiennes.

J'ai préparé mon épuisette.

JOUR152. Il a plu. La nature était aux anges ce matin. Par contre, cet après-midi, elle refait grise mine tellement il fait chaud. Je sors mon bâton de pluie pour cette nuit !

J'ai utilisé mon épuisette.

J'ai découvert dans la piscine une vie marine. Après recherches sur internet, j'ai trouvé le nom et les meurs de mes habitants : des notonectes. Insectes volants et nageant dans l'eau pour y trouver des proies, de la famille des punaises aquatiques. Carnassier, dont la piqûre est très douloureuse. Et j'ai nagé au milieu ! Je vis des moments extrêmement dangereux dans ma vie de confinée. Mon épuisette à la main, nous avons joué ensemble, car elles sont très rapides et effectuent des virages et plongées spectaculaires. Toutes attrapées, je vais guetter les prochains jours.

En parlant d'insectes, c'est un excellent cru pour la cuvée moustiques. Ils sont nombreux, parfois avec des dimensions qui les rapprochent des « cousins ». Ils attaquent même en pleine journée. Heureusement, de nombreux remèdes naturels permettent de limiter les dégâts.

Le monde naturel est fou ! Amis, l'univers artificiel le devient aussi ! J'ai vu un excellent reportage sur l'intelligence artificielle, qui est en plein essor. Surtout depuis Covid, car on cherche à remplacer ces êtres humains si peu fiables face à la maladie. Une entreprise Américaine qui fait de nombreuses recherches dans le domaine, s'est aperçue, avec effroi (puisqu'ils ont débranché les machines) qu'ils ne maitrisaient pas tout. En effet, deux robots, assistants numériques, avaient développé leur propre langage, incompréhensible pour l'homme et entretenaient des conversations ensemble. No Comment !

JOUR153. Les Russes déclarent avoir trouvé et testé un vaccin contre Covid. Vrai annonce ou effet de manche ?

Ici, un cluster touche un commissariat de police. Zut, on n'a qu'à bien se tenir ☺ .

Ce soir, un membre éminent de la Pelote Basque, un Ami pour beaucoup, s'est éteint après un long combat. Mr Destin a fait qu'il nous ait quitté, juste à la fin d'une finale qui se jouait.

J'ai préparé la théière.

JOUR154. J'avais un déplacement à faire pour une course. Mes 9.2 kilomètres pédestres m'ont permis de tester mes semelles correctrices : nickel !

J'ai utilisé la théière.

Mon frère avait détourné une vieille théière pour cultiver une plante verte. Avec le temps, elle a grandi et s'est trouvée un peu à l'étroit. Je lui ai offert un nouvel appartement, plus vaste, à voir si elle si plaira. J'ai reloué gracieusement les lieux à un mini cactus.

J'ai préparé un don.

JOUR155. Le nombre de cas en France explose, on passe à 3000 quotidien. De ce fait, le nombre de villes qui imposent le port du masque en extérieur augmente. Malheureusement, la quantité d'agressions physiques, parfois très violentes, pour le non-respect de ces consignes s'amplifient aussi. Arghhh !

J'ai utilisé mon don.

Nous avons assisté à la messe que j'ai fait donner pour mes parents et mon petit frère. J'avais souhaité qu'elle le soit par l'Abbé qui avait officié pour l'enterrement de mes voisins. Ce Prêtre, un peu hors norme, rend les choses plus faciles pour la « non croyante » que je suis. Le lieu magique de ce carmel et les voix sibyllines des sœurs ont adouci ma peine. Et cette messe aura été à l'image de la gente masculine de ma famille : elle a été perturbée, animée par une dame qui a fait une entrée fracassante et une présence bruyante, qui nous a esquissé quelques sourires. Et j'ai fait une offrande pour les bonnes œuvres.

JOUR156. Certaines compagnies aériennes exigent un certificat de contrôle Covid, de moins de 72 heures, pour pouvoir embarquer. Les laboratoires étant surchargés, suite à des incivilités conséquentes, certains ont dû embaucher un vigile.

Les ressortissants Anglais, qui ont passé des vacances en France, sont mis en quatorzaine à leur retour dans leur pays.

Je me sens prise dans une spirale. J'ai la sensation que plus je vide, plus j'ai à vider. Ça m'aspire et ça m'angoisse, car je n'avance pas aussi vite que je le souhaiterais. Je fais une course contre la montre et je suis cette montre. Cela me freine dans mes projets de loisirs et c'est désagréable.

J'ai préparé ma pierre à aiguiser.

JOUR157. Titoun est tombé par hasard sur les championnats du monde de snooker, retransmis à la télévision. Il s'y est intéressé, ébahi devant la beauté du geste. J'ai finalement cédé à la tentation, et me suis laissée emporter dans la farandole de billes, qui virevoltent par magie. Voilà un projet que je rajoute à ma liste : prendre des cours avec Titoun, pour partager une activité de retraités.

J'ai utilisé ma pierre à aiguiser.

Maintenant que j'ai trouvé la bonne méthode, j'ai décidé de donner un bon coup de massage à tous mes couteaux de cuisine. Allers... retours… Allers… retours… une bonne dizaine de canifs après, les voilà fins prêts. Désormais, ce sont mes doigts qui frémissent devant un possible dérapage !

J'ai préparé mes pots et ma terre.

JOUR158. Le nombre de cas est en hausse, ici aussi. Y compris dans des coins isolés de la région. Les cas-contacts montrent bien comment fonctionne la propagation du périple touristique de Covid. Je suis d'ailleurs allée (à pieds) dans le centre-ville de la commune voisine, pour un rendez-vous chez l'orthoptiste. Je suis restée effarée par le taux de fréquentation (en hausse de 15%, d'après l'agence du tourisme). Les gens se frôlent sans cesse, agglutinés aux terrasses... J'ai eu juste envie de rentrer dans ma grotte, au plus vite.

En parlant de mon rdv, j'ai pu constater dans le miroir mon penchement à gauche à cause de ma vision. Un peu comme la tour de Pise, mais en plus dodue.

J'ai utilisé mes pots et ma terre

Les fameux petits citrons, qui avaient commencé à se révéler à la vie, ont bien grandi. Opération transplantation, dans plusieurs pots séparés. Deux sont rentrés à la maison et les autres sont restés à l'extérieur, pour voir. J'ai même tenté une pousse en pleine terre. Encore à suivre !

J'ai préparé ma ponceuse.

JOUR159. Je ne parle plus de l'évolution de Covid dans le monde, et j'essaie de vraiment m'en détacher. Cela me fait du bien, car je suis une éponge à émotions, et ces courbes ascendantes dans beaucoup de pays me procurent beaucoup de tristesse et de peur. Mais le bonhomme continue ces ravages, en Inde plus de 69 000 nouveaux cas en 24 h, au Brésil +45 000, en France +4 000, en Argentine +8 000, au Mexique

+6 700, en Russie +4 700… Plus, plus, plus… toujours plus !
Détachez-moi !

Dans notre pays, le gouvernement a décidé que le port du masque se ferait en entreprise, dès la rentrée.

J'ai utilisé ma ponceuse.

Je poursuis la customisation de la table. L'épaisse couche de vernis m'oblige à y revenir plusieurs fois, avec différentes grosseurs de grains. Je me mets à l'extérieur à cause de la poussière, donc il doit faire beau mais pas trop chaud. J'ai le temps, je la bichonne.

J'ai préparé mes vêtements.

JOUR160. J'ai eu des nouvelles de l'hôpital. Non, elle ne m'a pas rappelée comme prévu il y a deux jours. J'ai envoyé un mail menaçant. Deux minutes après, appel, pour me dire que l'enquête ouverte depuis le 22 avril n'avait rien donné (tu m'étonnes). Je vais recevoir un courrier d'excuses qui me propose d'en rester là, ou de demander des dommages et intérêts au service juridique de l'APHP. Maintenant, il va falloir passer à d'autres tracas administratifs, car leur retard a engagé des frais que je souhaite qu'ils prennent en charge. Finissons-en, ce lien avec eux m'empêche de faire mon deuil et connaissant mon petit frère, il doit être comme un fou devant cette situation.

J'ai transporté mes vêtements.

Vide dressing cette fois. Je ne supporte plus certaines plates formes internet de seconde main, qui ont transformé leur concept. On se retrouve avec des spots publicitaires à outrance, qui attirent une population qui n'est plus dans cette démarche de recyclage. On y voit des personnes qui ne vendent que du neuf et des prix qui n'ont plus rien de collaboratifs. Donc j'ai trouvé une petite boutique de recyclage, avec une dame tout à fait charmante. Elle reprend les affaires à 1 euros et les propose dans son commerce à de supers tarifs. Finalement, je préfère, pas de tracas avec internet, pas d'expédition aux quatre coins du monde avec les boites à recycler. Tout le monde est satisfait.

JOUR161. Marche matinale au bord de l'océan. Il est déchainé et une tempête est annoncée dans la soirée. De plus, ce sont les grandes marées, donc la mer est très forte. Prudence pas de pieds à l'eau, même si les 23° sont attirants, juste du sable et beaucoup de photos.

JOUR162. Enfin de la pluie ! La nature est ravie, et nous aussi. L'herbe va pouvoir changer de couleur et reverdir. Plus besoin d'arroser chaque matin le potager. Enfin, jusqu'à la prochaine fois.

Une polémique est née car un parc de loisirs en France a reçu une dérogation du préfet, pour accueillir plus de 5 000 personnes à son spectacle. Les autres parcs crient à la discrimination et Covid réclame son cluster.

Je ponce ma table.

JOUR163. Plus de 3 500 nouveaux cas en 24 heures dans notre pays. La tranche d'âge des 15-44 ans est 4 fois plus touchée que les autres. Restez loin de vos aînés.

Fait étonnant : un vol d'oiseaux migrateurs qui descend vers le sud… déjà !

Je ponce ma table.

JOUR164. Encore une jolie courbe ascendante : 4 600 cas de plus, dans l'hexagone, depuis hier. Dans notre département aussi le nombre de clusters augmentent. Comme le faisait remarquer une marseillaise : « on a lâché les touristes infectés partout en France et maintenant, ils rentrent chez eux et nous on subit l'infection et ses conséquences. »

JOUR165. Les figues sont réellement en avance cette année. Merci à Réchauffement Climatique car à cause du manque d'eau, elles sont toutes petites. Donc je leur fait prendre un bain de soleil, pendant 48 heures et les fais sécher gentiment. Elles serviront tout l'hiver pour le kéfir, entre autre.

La sécheresse est telle, que les feuilles du mirabellier sont tombées en grande majorité. Pas comme les feuilles mortes en automne, mais complètement sèches, grillées !

JOUR166. Et aller, 5 600 cas de plus en France ! Je ne m'intéresse même plus aux chiffres des autres pays, je trouve ça trop désespérant. Je m'inquiète car nous partons bientôt en région parisienne pour le déménagement de mon petit frère… On recommence les huiles essentielles du soir et la vitamine C du matin.

J'ai reçu ma peinture

JOUR167. La rentrée scolaire aura bien lieu en temps et heure. Le masque sera obligatoire à partir du collège. Cela nécessite de prévoir un budget de plus pour les ménages : gestion des masques. Beaucoup de grandes villes le rendent aussi nécessaire, dans toutes les rues. Les polémiques anti-masques vont bon train…. les fake news aussi !

J'ai utilisé ma peinture.

J'ai opté pour une couleur métallisée pour les pieds de la table, en rappel à certains de mes meubles. La bombe me permet de ne pas avoir de coulures. Le rendu est tel que je le souhaitais. J'ai commandé de l'huile de lin neutre pour le plateau. Cela conservera le naturel du bois et le laissera dans son jus.

JOUR168. J'ai passé ma journée à faire des ventes des objets mis sur la toile. Le soir, Titoun a rapidement constaté la place vide, faite par conséquence. On avance, car dans 15 jours, on remplit.

J'ai reçu la lettre de l'hôpital, à peine des excuses.

JOUR169. Les amis musiciens du groupe dans lequel jouait mon frère, organisent la cérémonie hommage que nous lui rendrons, lors de notre venue semaine suivante. Je vais leur donner à chacun un objet lui ayant appartenu, en souvenir. Difficile de faire les paquets « cadeaux », les larmes me rappellent que j'ai hâte de faire ce voyage pour essayer de tourner un peu plus cette page douloureuse.

7 000 nouveaux cas. Les hôpitaux sont prêts, à ce qu'il parait. Moi pas.

JOUR170. Journée conserves de tomates et figues. Piperades, sauces tomates, soupes de tomates, tranches pour faire des tartes… liqueur de figues, gâteau, figues au lard, figues séchées… des histoires de fourmis.

Plus 5 600 cas. Des manifestations anti masques ont eu lieu en Allemagne et en France, encore. Un sociologue a déclaré que c'étaient encore les mêmes types de populations, « anti système », qui descendaient dans la rue. Elles sont exacerbées par les réseaux sociaux et la haine qui s'y déverse crescendo.

Les USA, le Brésil et l'Inde restent les pays les plus touchés et où la circulation de Covid y est galopante.

JOUR171. Plus de 3500 nouveaux cas en France. L'école va reprendre et tout le monde scrute les pays où la rentrée a déjà eu lieu.

Je marche de plus en plus, profitant de ces belles journées d'arrière-saison.

Je suis toujours plongée dans mes casseroles cet été et je fais des conserves au quotidien, ce qui me laisse peu de place pour des activités en « italique ».

Le chanteur Julien Doré passe en boucle avec la sortie d'un nouvel album. Les paroles de son tube me parlent beaucoup : « Le monde a changé, il s'est déplacé quelques vertèbres. » Ça fait mal, mais avec un bon ostéopathe on s'en remet ; par contre ne pas oublier comment on s'est fait ce tour de rein.

JOUR172. Non, Sheila, « l'école n'est pas finie », elle recommence aujourd'hui. Les parents ne doivent plus accompagner leurs enfants jusqu'à l'intérieur des classes. Certaines associations qui avaient des activités dans les locaux scolaires, en dehors des heures d'ouverture, doivent trouver une autre salle. Mais des établissements ne rouvrent pas, car il y a des suspicions de cas chez certains membres du personnel scolaire. Donc on renoue avec des cours à distance, pendant la quatorzaine.

Je voulais transmettre un message aux automobilistes : lorsqu'un piéton s'apprête à traverser au feu rouge (pour vous), n'essayez pas de l'écraser en accélérant dès la couleur orange et faîtes attention de ne pas vous brûler en passant au rouge. La route est dans ce cas-là, le royaume du marcheur pour quelques secondes, alors patience, tolérance et partage. Julien tu es sur : « Le monde a changé… » ?

JOUR173. J'ai attendu le passage du livreur de colis avec impatience. Dans l'après-midi, il a déposé mon trésor dans la boîte. Yessss, trop contente ; il est tard mais je l'essaye tout de suite. Huile de lin. Ma table poncée, mon pinceau à la main…la partie promet d'être plaisante. Je badigeonne avec amour dans le sens des fibres. Quel beau spectacle, le choix de ce produit est parfait. Une jolie couleur dorée, chaleureuse, qui fait ressortir toutes les nervures, et embellit désormais le meuble ancestral. Une bonne quinzaine de jours pour un bon séchage et une installation attendue. A suivre.

JOUR174. Rendez-vous chez la gynécologue pour la revue de performance. A pieds, bien sûr. J'emprunte ce début de chemin depuis plusieurs semaines. Je me fais la réflexion, sans jamais trouver ni le début ni la fin, mais il y a sur le sol un parcours tagué de cœurs rouges. Comme si le symbole était une invitation à le suivre pour une rencontre amoureuse, mystérieuse. A qui est-il destiné ? Dois-je le suivre ? C'est l'esprit embué par tout ce romantisme, que je poursuis ma route à chaque fois.

La marche régulière que je pratique a porté, sans le vouloir, ses fruits : à la pesée, la bête a encore maigri et tout cela sans privation alimentaire. Affinage de la silhouette et muscles des jambes renforcés. Je me dis que, là, Covid m'a ouvert d'autres horizons, plus zen et plus sains.

JOUR175. Mon fils aîné est en vacances. Il passe beaucoup de temps à la maison pour travailler sur le projet de la nouvelle salle de sport. Nous avons pris ensemble un moment de liberté. Nous sommes allés à la plage. Une première pour moi l'après-midi. Les « locaux », heureux de ne plus avoir une nuée de vacanciers envahissante, étaient largement présents sur les lieux : parkings pleins, comme en été. La plage pouvant permettre un respect des espaces, nous avons posé la serviette pour un plouf bien mérité. Un peu fraiche, un peu forte, mais le fait d'être chahutés rappelle que nous sommes vivants et chanceux de pouvoir en profiter. On ne pouvait pas finir cette journée « touriste » sans une glace et un selfie. J'ai apprécié cet instant présent.

J'ai préparé ma cisaille.

JOUR176. Dernier jour de travail pour Titoun. Trois semaines de vacances à passer ensemble. Chouette. Même si le matin, les gilets sont de retour, en journée on dépasse encore les 30° facilement.

J'ai utilisé ma cisaille.

Je fais toujours une coupe aux fruitiers juste à l'entrée de l'automne. Il fait beau. La cisaille est à rallonge et m'oblige à travailler mes biceps. Autosatisfaction.

JOUR177. La nature nous montre ses deux visages de façon étonnante : le souriant qui a offert aux baigneurs hier un ballet de dauphins à proximité de nos plages ; le triste avec plus de 9 000 nouveaux cas en France. L'Homme n'est qu'une petite chose sur cette planète, mais tellement fragile et inconscient, restons l'œil et l'esprit ouverts.

Aujourd'hui, nous fêtons nos 33 ans de mariage. Enfin, sans fête, nous sommes séparés toute la journée par des obligations différentes et préparons notre périple parisien de demain. A remettre.

Les sentiments humains sont fluctuants parfois avec des stimulations extérieures : un déplacement inutile pour une vente avec un lapin posé, je suis en colère face à ce mépris ; le véhicule que nous avions réservé ne correspondait pas à nos souhaits et nous avons bataillé pendant une heure pour trouver une solution, ce qui a éveillé de la frustration. En rentrant, j'ai une information qui me donne vainqueur d'un concours, joie. Je me dis que ma journée se termine au mieux. C'est plus agréable dans ce sens.

JOUR178. Plus 8500 cas. L'état contre-attaque dans les lieux où le port du masque est annulé par décision de justice.

Un copain et sa belle fille qui est en colocation avec une personne positive, et présente des symptômes ont été refoulés aux urgences de l'hôpital, ils doivent revenir lundi… Pas de test possible.

JOUR179. Départ pour la région parisienne et enfin avancer pour le décès de mon petit frère. L'autoroute est chargée en touristes, qui ont profité au maximum de ces derniers instants. Je me prends à rêvasser devant ces vols d'étourneaux, qui vont et viennent comme le ressac, je trouve cela beau et hypnotisant.

Une scène Ubuesque nous attend pendant une halte sur une aire de repos : une petite mamie sort d'une voiture (côté passager), qui s'est garée à côté de la nôtre. Elle est toute chancelante et se dirige tant bien que mal vers les toilettes, éloignées (alors qu'il y a des places de parking libres à proximité). Elle fait peine et peur à voir, ce qui pousse une dame à lui prendre le bras pour l'accompagner jusqu'à son but. Nous retournons à notre véhicule pour y voir que le conducteur est en fait une jeune femme, en « pleines formes » qui n'a pas quitté le volant. Le retour de la passagère se fait difficilement, toujours accompagnée de son ange gardien. Elle finit son installation dans la voiture, sans que la conductrice n'ait un regard, un mouvement de cil ou même un remerciement pour cette bonne âme. Arrrrgh !

JOUR180. Première nuit difficile : Titoun sur le matelas gonflable et moi dans un sac de couchage, camping (mais pas des flots bleus, sauf ceux à l'âme) réveil à 4h44. Tant mieux (non, je rigole) le quatre est mon chiffre préféré.

Après-midi très compliquée pour moi : les amis musiciens ont voulu que nous lui rendions hommage au cimetière et ils ont déposé une plaque commémorative, avec une très belle photo de lui. Nous avons ensuite poursuivi à la maison, avec des chansons que le groupe jouait avec lui. Nous avons partagé nos souvenirs et nos larmes. J'ai remis à chacun un objet qui lui avait appartenu en souvenir, séquence émotion pour eux. La femme de l'un d'eux m'a demandé si je pouvais lui donner une branche de ce rosier qui lui faisait de l'œil depuis un bon moment. Mr Destin est donc passé par là, car j'ai raconté l'histoire de ce second cinquantenaire de Maman, que mon frère souhaitait prendre dans son déménagement.

JOUR181. … 2h15, la terre est basse et dure.

28 écoles sont fermées à cause de Covid. Israël se reconfine en partie.

La voiture de mon frère est chargée sur un camion, puisque je n'ai pas pu refaire les papiers à cause de l'hôpital. A bientôt.

Commissaire-priseur et notaire viennent estimer les meubles. Ouf ! Ils n'ont pas ouverts trop de cartons, que j'avais peur d'être obligée de refaire.

Nous avons besoin de petites choses pour bricoler, direction le magasin le plus proche à 3.6 km, à pieds. Ce chemin est, en grande partie, celui que j'empruntais pour me rendre au lycée. Souvenirs.

Je suis agréablement surprise car les gens portent le masque dans la rue (obligatoire dans la commune). La région est en zone rouge.

J'ai préparé une cuillère à soupe.

JOUR182. ... 1h50, le sol est toujours aussi raide.

Jour du déménagement : deux jeunes, très pros et bien organisés, embarquent les 33 mètres cubes en 2 heures. A lundi.

L'agence immobilière vient pour la mise en vente.

J'ai utilisé ma cuillère à soupe.

Nous finissons de déterrer le Papi rosier. J'ai passé plus d'une heure à dégager les racines à la cuillère à soupe, pour tâcher d'en abimer le moins possible. A demain.

Ras le bol, épuisés. Nous avions déménagé la maison de mes grands-parents en Sologne, il y a quatre ans. Celle de mon papa, il y a deux ans. Je souhaiterais un peu de répit.

Soirée d'adieu avec les deux voisines, autour d'un verre. Elles auront encore une fois été très présentes et d'un grand réconfort, avec pleins de jolis souvenirs partagés. Merci.

JOUR183. ... 4h30. Tant pis, on se prépare, car une dernière touche de ménage à faire et la voiture à charger. Au revoir à ce pan de ma vie.

La route défile. Nous roulons tranquillement. Mr Changement climatique nous envoie un regard moqueur : nous faisons plusieurs aires de repos afin de chercher un lieu pour manger à l'ombre. A la quatrième, nous abandonnons et déjeunons en plein soleil… merci pour ces arbres qui auraient pu être plantés.

Voiture de mon frère déjà livrée. Service rapide et soigné.

A notre arrivée, choix du nouveau berceau pour Papi rosier. Coups de pelle, fatigués, mais heureux de le remettre en terre. Allez, maintenant c'est à lui de faire des efforts.

JOUR184. Ah, mon lit ! Je dois lui faire une déclaration d'Amour à celui-là. Il m'a trop manqué et je me suis lovée dans ses bras, avec délectation.

Nous entamons un rangement méticuleux du garage, afin de mieux accueillir les affaires parisiennes.

Les conserves et confitures sont reclassifiées, nettoyées et examinées pour éliminer d'éventuels suspects. Je me retrouve avec plusieurs pots de figues, qui ont débordé. Je me lance dans une double pâte sablée avec à l'intérieur le délice fruité encore valide. Je retrouve le goût de ces petits gâteaux secs de mon enfance, les figolus.

JOUR185. A deux, nous abattons un tri et un rangement phénoménal, bonne équipe !

Notre département est passé en rouge pour l'épidémie. Les médecins voient arriver des parents affolés dans leur cabinet, car leurs rejetons sont malades, panique Covid ou simple rhume ? L'automne ne va pas être de tout repos.

JOUR186. Une nouvelle inquiète le corps médical mondial : le virus du VIH connait une importante mutation qui va poser des problèmes dans les traitements. On ignore s'il y a un rapport avec Covid ou pas.

Je poursuis mon travail de fourmi avec ces belles journées, encore ensoleillées. Je fais sécher des feuilles de framboisier et mûrier pour les tisanes, contre les futures maux d'hiver. Des feuilles de menthe se dorent aussi la pilule.

JOUR187. Les déménageurs arrivent ce matin chez les parents de Titoun, qui vont accueillir provisoirement les cartons, faute de place suffisante à la maison. Je n'avais pas voulu assister au départ, trop de souvenirs remués. Là, j'assiste à l'arrivée…trop de souvenirs remués…Mes échanges avec le jeune chauffeur, qui est le même, me tirent trop de larmes. Nous emportons les premiers cartons à trier. C'est un peu comme une pochette surprise : tu es content de ton gain, ou pas. Dans ce cas, cela me ramène à une vie aussi passée avec mes parents.

Je trie et je déballe, pour que les enfants prennent leur part de souvenirs ou d'objets utiles. Nous voilà embarqués ensemble, dans cette quête mystérieuse, pendant de longues semaines.

JOUR188. La nature réserve toujours de belles surprises. Je suis toujours déçue, lorsque j'ouvre ma boîte à lettres, de la trouver vide après le passage du facteur. Désormais, elle ne l'est plus : un lézard y a élu domicile, il m'accueille chaque jour. Pourvu qu'il ne se fasse pas écraser par un courrier plus volumineux que les autres !

Ce soir c'est la diète. Nous avons déjeuné dans un restaurant gastronomique, offert par les enfants. Nous sommes peu habitués à ce genre de prestation et notre digestion s'en trouve quelque peu perturbée. Notre voiture, garée assez loin, a aidé à faire descendre ce copieux repas ☺.

J'ai préparé mes bottes.

JOUR189. Covid redevient un sérieux sujet de préoccupation en France. Certains hôpitaux alertent sur leurs difficultés à absorber le nombre inquiétant de nouveaux malades. Des personnes font la queue devant les laboratoires, dès 5 heures du matin et finissent parfois par se battre pour être dépistés. Les médecins répètent en boucle que la meilleure prévention est le respect, de nous tous, des gestes barrières… ça, ce n'est pas gagné.

J'ai utilisé mes bottes.

Les jours s'égrainent, les saisons aussi. Nous voilà à l'entrée de l'automne. Changement d'air pour notre cerveau, allons ramasser des châtaignes. Elles ont souffert du manque d'eau et sont moins dodues que l'an passé. Peu importe, elles finiront mangées.

Ces effets dévastateurs du réchauffement climatique, visibles partout dans le monde sont toujours aussi alarmants. Aux USA, les incendies qui ravagent certaines régions, n'ont jamais été aussi importants. Une interview d'un sinistré m'a fait comprendre que la lutte contre Mr Changement Climatique risque d'être vaine à notre niveau : il affirmait, tout comme son Président (pour qui il avait voté) que cette sécheresse n'était en aucun cas due à un réchauffement des températures, que c'était une « fake news ». Bon ! Laisse bruler ta maison mon gars, on va lutter de notre côté !

J'ai préparé mon Titoun.

JOUR190. Plus de 10 000 nouveaux cas dans notre pays. Les compteurs s'affolent et tout est fait pour ne pas reconfiner la population…Mais les restrictions sanitaires ne cessent d'être bafouées par des provocateurs, ou des insouciants, organisant ci et là de grands rassemblement festifs. Arrrgh !

J'ai sorti mon Titoun.

Embarqué avec moi au bord de la mer, pour marcher les pieds dans l'eau. Finalement, il a assuré : même parcours et presque même temps. Je dis « presque », car il a fait travailler ses cuisses et ses fessiers en se baissant pour ramasser des coquilles d'huitres, pour donner aux gallinacés de son père. Quel papa poule ☺. Plouf pour moi à 22 ° ☺.

Papi rosier n'est vraiment pas au mieux de sa forme…

J'ai préparé mon sécateur.

JOUR191. J'ai testé ce matin, un cours d'aquagym. Cela fait au moins 20 ans que je pratique ce sport dans le même lieu. Mais cette piscine étant devenue impraticable, je cherche une équivalence et une place. Le cours, relativement dynamique, m'a rappelé que cela fait 7 mois que je n'avais pas fait de sport de manière aussi intensive !

J'ai utilisé mon sécateur.

Je refais une taille à papi, afin de voir si cela peut l'aider dans sa renaissance. Je garde les coupes et les mets dans un seau rempli mi eau, mi terre pour essayer de faire de nouvelles pousses.

JOUR192. Le ministre de l'économie est positif, allez zou, à la maison ! T'inquiète, tu ne seras pas tout seul, en 24 heures, on a dépassé les 13 000 nouveaux infectés.

JOUR193. Après un tour en forêt, familial, nous revenons avec pleins de châtaignes et un cèpe. J'organise un repas improvisé pour nous six. Au soleil, ensemble, c'est réconfortant de trouver de l'amour, au milieu des cartons. Et le champignon est joyeusement partagé.

JOUR194. L'objet utile du jour est le parapluie. Un déluge s'abat sur nous et je suis obligée de ressortir un pantalon long, car, avec cela, la température a chuté. Je ne suis pas assez bien équipée pour aller à mon rendez-vous à pieds, je prends la voiture. Je ressens de la culpabilité à le faire. Oui, Julien Doré, « J'ai changé »….

Une scientifique Chinoise, qui a fui son pays, déclare (preuves à l'appui), que Covid est une création humaine. Cela expliquerait que nous n'arrivions pas à fabriquer d'anticorps suffisamment, comme pour les autres virus. Fake ou pas ? En tout cas, cela fait le buzz !

JOUR195. J'échange des châtaignes contre des noix fraîches. Chouette, il y a longtemps que je voulais faire de la liqueur de noix. Je récupère le brou et suis la recette. A suivre. Le reste des coques finit à la cocotte pour garder cette eau teintée, qui servira pour la peinture ou des vêtements à colorer. Là, ce sont mes doigts qui le sont, d'un beau brun henné.

Le mal de dos de Titoun s'est amplifié. Le médecin est inquiet. J'espère que les prochains résultats d'examen, nous épargnerons une épreuve supplémentaire. Je ne dis rien aux enfants pour le moment, je pleure en silence et je parle à mon archange Saint Michel.

JOUR196. A chaque journée qui passe à ouvrir des cartons, il y a des découvertes. Les souvenirs, parfois enfouis, refont surfaces. Je vois certains objets avec des yeux d'adultes et non plus ceux de mon enfance, c'est une sensation bizarre que cette « autre dimension ».

Nous dénombrons plus de 10 000 nouveaux cas en France. Covid appuie sur le champignon et accélère. Aux USA une cérémonie a eu lieu… ils ont dépassé les 200 000 morts. Mais leur président se félicite de sa gestion de la crise, car sinon on compterait le double de trépassés… ou pas !

JOUR197. Je vais passer une échographie de contrôle à la polyclinique. Je découvre que l'enregistrement des patients se fait, désormais, par l'intermédiaire d'une borne. Etape 1 fais ci, étape 2 fais ça… heureusement que j'avais pris mes lunettes. L'écran est joyeusement utilisé par tous…. et beaucoup n'utilise pas le gel mis à disposition. Je ne parle pas des difficultés rencontrées par la majorité des patients, qui sont des personnes âgées… Modernité quand tu nous tiens !

JOUR198. C'est la panique, plus de 16 000 nouvelles personnes infectées. Certains hôpitaux sont saturés. La majorité des personnes en réanimation ont plus de 65 ans. Elles adressent leurs remerciements à tous ces « jeunes » insouciants ou ces contrevenants des gestes barrières, qui les ont contaminées.

Il y a une grosse tempête ici. Les vents sont violents, les pluies diluviennes. Le volet de la maison de mes voisins décédés s'est arraché, laissant place à la vue de tous, de la vitre brisée par les pompiers. Le procureur n'ayant toujours pas classé le dossier, rien ne peut être entrepris.

Un attentat à l'arme blanche a eu lieu à Paris, ravivant des souvenirs douloureux. Un psychiatre déclare que la médiatisation à outrance et le fait que certaines personnes n'ont plus été suivies à cause de Covid, cela peut engendrer des individus incontrôlables de ce style…

Je renoue avec la stupidité de notre monde consumériste. J'ai évidemment du relancer mon fournisseur d'accès internet avec véhémence. Toujours avec ce dysfonctionnement qui dure depuis 4 mois. On me rappelle, enfin, pour Bla… Bla… Bla…, Bla... Bla… Bla… Merci monsieur, tu as réussi à me faire sortir de mes gonds et je m'énerve après toi… Je me sens prisonnière d'un système, que j'exècre de plus en plus. Toi et moi, on en n'a pas fini car je t'en veux de me mettre dans cet état de stress.

JOUR199. Mr Changement climatique nous surprend encore une fois : la semaine passée nous avons frisé des températures de 40° et, aujourd'hui, il neige sur les Pyrénées. Nous sommes passés assez violemment de l'été à l'hiver.

Le gouvernement prend des décisions au fil de l'eau pour éviter un reconfinement général. Comme la fermeture de restaurants ou de clubs de sport, qui suscitent dans certaines villes une « rébellion » de la part des professionnels ou des élus… Comment faire ? Des hôpitaux sont à nouveaux saturés….

JOUR200. Je ne pensais pas arriver jusque-là. Cette crise, qui m'a fait prendre la plume, nous emporte mondialement dans un flux inextricable, depuis bien trop longtemps. Où est l'issue de secours ? Je ne trouve pas la porte ?! Mon esprit est-il toujours là ? Si tu l'es, frappe trois fois.

Titoun boude, il reprend le chemin de la turpitude de son travail, demain.

Mon fils aîné a préparé la machine à coudre.

JOUR201. Le technicien de mon fournisseur d'accès internet est passé au sujet de la panne récurrente, qui nous perturbe depuis le mois de mai. C'était le même que la fois précédente, donc il se souvenait du dossier. Mais là, il n'a constaté aucun dysfonctionnement. Ces microcoupures sont à peine perceptibles sur les engins de mesures et il faut qu'il y en ait une pendant son intervention : dossier classé ⊗. Je confirme : ce sont eux qui ont le pouvoir !

Nous avons dépassé le million de morts au niveau mondial. Quelle tristesse humaine quand on voit l'insouciance de certains, nous avons perdu à nouveau notre solidarité.

Mon fils aîné a utilisé la machine à coudre.

Face à Covid qui risque de nous polluer quelques temps encore, il a décidé de fabriquer des masques avec tout le tissu récupéré dans les cartons de déménagement. Grâce aux tutoriels, présents sur internet, il a appris le fonctionnement de la machine, trouvé comment coudre les masques… Au bout d'une heure, nous avons fêté la naissance du premier, un ex torchon de cuisine à carreaux rouges et bleus. Bienvenue dans un monde nouveau !

JOUR202. Les conséquences économiques se font réellement ressentir depuis quelques semaines. Rien que sur notre commune, on compte 40 familles de plus inscrites cet été, auprès des services d'aides. Les mesures pour éviter un reconfinement total, perturbent de façon fluctuante certaines zones et certaines professions. Compliqué….

Automne, je te vois arriver avec tristesse. Il pleut des cordes, sans arrêt. Le froid fait baisser les températures et je fais une chose qui m'est désagréable chaque année : je mets mes pieds, libres en été, dans des chaussettes pour qu'ils entament leur hibernation.

JOUR203. Mr Changement Climatique nous a rendu visite aujourd'hui. Hier nous avions 12°, ce jour nous sommes montés à 27°. Avec un océan à 19°, les baigneurs étaient nombreux. Nos organismes et la nature n'apprécient pas du tout ce yoyo.

Ne nous laissons pas distraire, il est temps de préparer Noël. J'exècre faire les boutiques et trouver LE cadeau pour cette période. Je commence toujours suffisamment tôt par fureter, pour remplir les besaces de chacun. Le bénéfice de ma sortie pédestre pour un rendez-vous, m'a fait découvrir une petite échoppe devant laquelle je ne me serais jamais arrêtée en voiture. Hop, trois présents achetés. Merci Covid ☺

JOUR204. Plus de 12 400 nouveaux cas dans notre pays. Cette courbe ne cesse d'augmenter, même si elle ne peut être comparée à celle des mois au plus fort de la crise, puisqu'on ne testait pas les gens. Cela est inquiétant car, d'après une infirmière Covid de notre hôpital, ils sont presque à saturation et les personnes en réa sont de plus en plus jeunes et sans pathologie particulière. Mais cela n'empêche pas d'avoir des idées qui circulent, donnant cette inquiétude pour fausse et stratagème organisé.

Il y a eu un tremblement de terre à une centaine de kilomètres d'ici. Le ressenti a perturbé le sommeil de certains voisins. Pas le mien... Mais force est de constater ce matin, que le goudron de mon allée s'est fissuré à plusieurs endroits.

J'ai réorganisé ma terrasse.

JOUR205. Triste nouvelle : le président des USA a sympathisé d'un peu trop près avec Covid, il est malade. Soignez-vous bien, avec ce traitement expérimental à 27 000 dollars par patient, et soyez prudent à l'avenir, pendant la poursuite de votre campagne électorale, n'allez pas contaminer vos proches.

Ma terrasse est prête.

Tempête annoncée sur le pays. Des vents, comme on en n'a jamais enregistré, soufflent en Bretagne. Tout a été rangé, attaché et nous attendons le gros des intempéries, anxieux. Il a même neigé sur les hauteurs, à 1200 mètres… en septembre !

JOUR206. Ce soir, il y a match de rugby de l'équipe favorite des garçons retransmis à la télévision. De façon impromptue, nous décidons d'organiser une soirée familiale, « pizzas ». Bien entendu, le défi consiste à préparer chacun sa pièce pour débattre ensuite, en la mangeant, sur qui fait « la meilleure ». En avant match, nous voici tous en cuisine, avec des distances respectées, car le lieu si prête. Chacun s'affaire, donnant la main à l'autre et la fourmilière se remplit de douce chaleur et odeurs. Quels délicieux instants simples nous passons et qui me rappellent que le bonheur c'est aussi cette famille, que nous avons construite avec Titoun. En ce qui concerne le vainqueur de la soirée, égalité parfaite entre tous…

JOUR207. Nous avons pris une décision, en famille, certainement suite aux évènements dans notre cercle, à nos santés et à la crise qui secoue la planète. Préparer la suite, la nôtre, pour nos enfants et faire NOS choix. Sujet délicat à aborder, mais qu'il faut démystifier sinon on ajoute des tracas et de la peine, le jour J. Nous sommes allés au cimetière du village, qui est le berceau ancestral de Titoun, qui a aussi accueilli notre mariage, le baptême des enfants…. Nous y avons choisi et réservé un caveau. Lieu ensoleillé, abrité d'arbres, d'herbe grasse et verdoyante, intimiste. C'est fait, une première étape.

JOUR208. Premiers champignons dans l'assiette. Quelques girolles trouvées au hasard d'une promenade en forêt, plutôt destinée aux châtaignes. Finalement, on a ramassé les deux !

Une amie qui vit en Inde, me racontait que les consignes Covid étaient respectées là où elle habitait. Les rues sont vides, les déplacements sont très limités. Pas de possibilité d'avoir des masques et les répressions sont très violentes pour les contrevenants, des coups de bâtons. Ils tentent de contenir la propagation de Covid ainsi. Ici, on poursuit l'ascension : plus 17 000 nouveaux cas enregistrés en 24h.

En accompagnant Titoun pour un rendez-vous hospitalier, nous avons assisté à une scène très administrative. A l'entrée, il faut prendre un ticket et se faire enregistrer, quel que soit le motif. Cela prend un temps certain. Un responsable (?) a organisé une réunion avec les guichetières, interrompant leur travail, aux yeux de tous les patients en attente de l'autre côté de la vitre. Quinze minutes, grands gestes et énervement…A revoir monsieur cette organisation de briefe, pas pro du tout.

J'ai dû me faire couper les cheveux.

JOUR209. Zut, zut et rezut ! (pour ceux qui me connaissent, là je suis très polie). En me rendant à un rendez-vous, j'ai manqué par deux fois de me faire renverser par une voiture. Dans les 2 cas, j'étais déjà engagée sur le passage piétons et les voitures ont accéléré, me frôlant. Il me semble que je vous avais demandé, il y a quelques jours, messieurs (dans ces 2 cas) les automobilistes de respecter le code de la route. Je ne me jette pas sous vos roues, vos véhicules sont loin, je fais attention avant de m'engager, je respecte les feux rouges pour vous... et vous, vous essayez de m'écraser ?! Est-ce un jeu ? Y a-t-il un contrat sur ma tête ? Avez-vous une envie pressante ? Arghhhh ! « que fait la police ?! »

Je suis allée me faire couper les cheveux, il a quelques jours.

Visite chez la coiffeuse. Les hasards de la vie, certaines circonstances, font que la maitresse des ciseaux est devenue très inquiète. Dans cet enchevêtrement de médias (plus ou moins infiltrés) et d'infos en continue, il est difficile parfois de démêler le faux du vrai. Une cliente journaliste a tenté un échange et a fini par avoir un monologue, de la part de la capillicultrice, très passionnée. Trop enflammée peut-être, car ma coupe de cheveux en a pâti. Résultat, tous les matins au réveil, je ressemble au chanteur M, ce qui fait beaucoup rire Titoun.

JOUR210. Coucou Mr Changement Climatique, te revoilà. Après avoir pourri la France et dévasté certaines régions avec ta tempête, tu nous ressors une journée à 25°. T'es vraiment un comique de bas étage.

D'ailleurs, certains de nos politiques sont à nouveau tombés sur la tête. Ils ont voté une loi autorisant à la réutilisation de produits néfastes pour les abeilles, pour la culture de la betterave. Autodestruction quand tu nous tiens ! L'Homme est vraiment son pire ennemi.

Donc, on ne dira rien sur les 22 000 nouveaux cas en 24h dans l'hexagone.

Cet été, il y a eu un grave incendie qui a détruit la majorité de la forêt de notre commune. Je n'y étais pas passée depuis. Ma route de ce jour m'y a conduite. Quelle tristesse ! Cela laisse comme une trouée dans ce poumon autrefois vert, un sentiment de vide spatial. Heureusement la nature a horreur du vide, mais on va l'aider en replantant la vie.

J'ai préparé ma poêle.

JOUR211. Les vacances de la Toussaint approchent. On va enregistrer des vas et viens, car on se rend souvent dans les cimetières honorer nos défunts. Covid va se faire une joie de voyager avec tout ce petit monde. En 24h, 27 000 contaminés enregistrés de plus.

J'ai utilisé ma poêle.

Visite de circonstance et gourmande de Nouchka. Avec toutes ces turpitudes ça faisait un moment que l'on ne s'étaient pas vues, comme on dit ici « aspaldikoa ». Son papa a mis à profit la période automnale pour aller faire un tour en forêt. Grand bien pour les estomacs de tous, car il a partagé avec nous les beaux résultats de sa cueillette : une belle assiette de cèpes nous attend ce midi. Là, j'aime bien cette saison ☺.

JOUR212. Ce n'est pas « Martine à la plage » mais Titoun aux champignons. Petit tour en forêt avec l'espoir de trouver des « chapotés », dans le cas contraire, c'est une belle promenade. Petites trouvailles pas très jolies, mais je me décide à les cuisiner dans un « cake forestier », qui ravit tout de même mes gourmands. On voit sur internet fleurir des photos de récoltes hallucinantes ou de spécimen dépassant les 2 kg... Ce sera surement une belle année, mais Mr Changement Climatique aurait-il quelque chose à y voir ? Pour une fois : tant mieux ☺

Le président des USA est guéri et il n'est plus contagieux. Ouf ! Son retour a été organisé en grande pompe, style production Hollywoodienne, avec la musique qui va bien. Il a vaincu la maladie ! Décidément, comme on se le dit souvent au cinéma avec Nouchka, devant ces films américains grands spectacles : ils sont trop forts, des vrais héros, je rêve d'être américaine (LOL). Par contre chez nous, certaines zones passent en couleur écarlate, avec un excès de contaminés...

JOUR213. ... 4h44, oui je sais le 4 est mon chiffre préféré, mais ce n'est pas cela qui m'a éveillée. Aujourd'hui Titoun a rendez-vous chez le médecin pour faire le point sur les différents résultats de santé. Je le confesse, je triche un peu en faisant appel fréquemment à St Michel et demandé un coup de main à la Magicienne. Pourrait-on avoir un peu de répit pour notre famille et finir cette drôle d'année un peu plus tranquillement ?!

J'ai eu une conversation, que je vais qualifier d'amusante, avec un groupe de dames beaucoup plus âgées que moi. L'une d'elle, dont le compagnon est atteint par Covid, donnait son point de vue en déclarant que le gouvernement devrait obliger les plus de 60 ans à se confiner. Je ne partage pas ton idée copine : pour le moment les « vieux » sont la tranche de population qui reste la plus prudente. De plus, je ne vois pas pourquoi on autoriserait les « autres » à sortir et faire la fête, alors que c'est bien « eux » qui sont porteurs et nous contaminent. Tout cela parce que ce sont « eux » qui sont « productifs » ?! Arghhh !

J'ai préparé l'huile de lin.

JOUR214. Hier, signature de fin de la succession de mon petit frère… Je voudrais dire à nos législateurs que certains aménagements devraient être réfléchis. En tant qu'adulte handicapé, ses revenus lui suffisaient juste pour vivre. Il avait gardé l'argent hérité de notre papa sur son compte bancaire, afin de pouvoir acheter un toit pour nous rejoindre et finir sa vie en famille. En tant qu'ancien malade (de « longue maladie »), pas de possibilité de faire un emprunt bancaire. Les impôts avaient prélevé leur dû sur ces fonds, il y a à peine 2 ans. En tant que sœur, l'état prélève 45%, à nouveau, sur cet argent. Arghhhh ! Vivez grassement, je vous en prie, mais j'espère que vous en donnerez aussi pour faire du social, parce que là : ça me fait ch… .

J'ai utilisé l'huile de lin.

Je m'applique encore sur la fameuse table, que je n'ai pas encore installée. Il fallait attendre un mois pour une complète absorption par le bois. J'ai refait quelques touches et je crois que le moment ne va tarder de lui faire intégrer sa place définitive.

JOUR215. J'ai hésité : à pieds ou en voiture... des giboulées et du vent en conséquence en sont à l'origine. Finalement et courageusement, je suis partie à pieds pour un rendez-vous à plus de 4 kilomètres de la maison. Grand bien m'en a pris car après la pluie, vient le beau temps ☺ J'ai pu profiter de la vue d'un ciel emplit d'une dualité entre soleil et orage, m'offrant de belles couleurs. Mon pas alerte m'a fait arriver beaucoup plus tôt que prévu. J'en ai donc profité pour faire le tour du lac présent à proximité, au milieu des canards heureux de cette pluie. Au retour, j'ai trouvé en chemin des employés municipaux en charge de l'élimination des mauvaises herbes présentes sur les trottoirs. L'herbe coupée, humide, le trottoir en pente, mon pas trop pressé... j'ai chu. Plouf, cul mouillé ! Heureusement pour la bête, la partie est costaude. Relevée rapidement pour éviter la honte de cette maladresse, le bleu au genou me rappellera d'être plus prudente.

Ce soir notre Président doit s'exprimer sur les nouvelles mesures qui seront prises prochainement, pour tâcher d'endiguer la croissance de Covid (21 000 nouveaux cas). En Europe, nos voisins réagissent : en Italie les rassemblements (y compris familiaux) de plus de 6 personnes sont interdits ; en Allemagne et en Belgique des couvres feux imposés ; aux Pays Bas, où on a compté plus de 7 500 nouveaux cas en 24 heures, c'est la panique, avec le premier cas au monde de décès d'une personne réinfectée pour la 2ème fois, retour à un confinement partiel.

JOUR216. Décision gouvernementale de placer 8 métropoles en zone couvre-feu. Interdiction de sortie entre 21h et 6h, pour éviter un reconfinement général. Les vacances de la toussaint arrivent et tout ce beau petit monde va pouvoir se disséminer un peu partout dans le pays, pour s'oxygéner et essaimer Covid.

J'ai préparé ma terrine.

JOUR217. Aujourd'hui j'ai repensé à une série anglaise, vue il y a quelques temps, qui présentait un métier que j'avais découvert à cette occasion : nettoyeur de scène de crime. Un peu trash, elle présentait cet envers du décor et ce courage dédiés à cette profession. Eh bien, voici l'arrivée chez nos voisins de ces professionnels, mais cette fois, c'est dans la vraie vie. Ils ont passé plus de 5 h dans cette maison, fermée en l'état depuis le mois de mai, volets clos, en combinaison blanche. De temps à autre, un meuble sortait pour un nettoyage plus important à l'extérieur… Merci messieurs de votre implication. Maintenant, la suite de cette bâtisse va pouvoir s'accélérer, en souhaitant qu'elle soit bonne pour tous.

J'ai utilisé ma terrine.

Je me souviens, petite, Maman cuisinait un pâté de lapin divin. Nous le mangions sur une tartine de pain grillé au petit déjeuner et on le trempait dans le café au lait (pas de chocolat chez nous en ces temps anciens). Elle m'a transmis sa recette, que je m'évertuais à perpétuer, pour retrouver le goût de mon enfance. C'est ma madeleine de Proust. Et bien aujourd'hui est un grand jour : j'ai atteint le nirvana de la cuisine, j'y suis arrivée !

JOUR218. Au milieu des chiffres Covid du jour, avec ces 25 000 cas supplémentaires et 122 décès, une terrible nouvelle : un attentat en France. Un professeur a été décapité en pleine rue, l'après-midi, pour avoir montré à ses élèves (dans le cadre de la liberté d'expression) des caricatures de religieuses. Arrrggh !

JOUR219. Il m'a fallu dire au revoir à un compagnon, qui me supportait depuis de nombreuses années. J'avoue ici ma tristesse, car nous nous sommes séparés bêtement. Je me dis qu'il trouvera peut-être un second souffle, dans cette nouvelle vie qui l'attend désormais. Pour vous résumer l'histoire, Titoun et moi sommes allés à la cueillette de girolles. Ces coquines se cachent bien volontiers dans les ronces, sous les feuilles. Elles sont tapies, sans bruit, attendant qu'on les rate pour danser de joie. Mais mon œil aguerri à leur couleur orangée et ma souplesse pour me glisser dans le houx, ne font pas un pli. Aidant Titoun à collecter un nid, j'ai posé mon sac et mon bâton. Une fois la tâche accomplie, j'ai repris mon sac et suis partie vers d'autres aventures. A notre retour à la voiture, je n'ai pu que constater, amèrement, que j'avais lâchement abandonné ma canne à son triste sort. N'ai pas peur petite, tu es au milieu des bois, avec tes congénères. Tu ne pousseras pas comme eux, mais ils te feront de l'ombre quand tu auras trop chaud et t'abriterons de leurs feuilles lorsqu'il pleuvra. Et qui sait, si tu restes fièrement dressée comme je t'ai laissée, nous nous retrouverons au détour d'une prochaine escapade.

JOUR220. Avec la saison qui change, on voit réapparaître les agrumes sur nos étals. Je vais pouvoir travailler à la procréation de Tawashi ☺ . En parlant de naissance, voici une renaissance qui nous emplit de joie : second Papi rosier nous offre de nouvelles petites feuilles. J'avais même récupéré la taille des branches que j'avais plantées « sauvagement » en pleine terre, sans plus de disposition : elles aussi sont couvertes de jeunes pousses. Bienvenus dans votre nouvelle demeure.

Ma gynécologue est partie à la retraite, mon gastroentérologue part à la retraite, mon ophtalmologiste aussi, et là j'apprends que mon dentiste est retraité… j'ai pris un coup de vieux et je suis obligée de refaire mon carnet d'adresses de ces professionnels de santé, qui font partie de ma vie. Le coup est encore plus asséné, lorsque tu dois décrire ton « long et vieux » parcours au nouveau médecin qui te prend en charge…

JOUR221. Plusieurs pays européens se reconfinent. Les couvre feux aussi s'intensifient. La Navarre referme ses frontières.

Le temps devient fou, encore une tempête annoncée avec des vents à plus de 150 km/h et des températures qui remontent à 25°. Mr Changement Climatique n'est pas loin semble-t-il.

Réponse de l'hôpital à ma lettre recommandée demandant des dommages et intérêts : « nous transmettons au service juridique »…. T'as raison, botte en touche et gagne encore du temps.

JOUR222. La tempête fait vraiment rage ! Elle montre ces crocs avec des vents de 216 km/h sur la forêt d'Iraty… Je comprends mieux pourquoi ma marche extérieure m'a réservée quelques bousculades, heureusement la bête est lourde ☺.

Par contre, ce n'est pas le vent qui a ouvert la porte de chez mes défunts voisins… J'ai dû appeler la police, car la porte était béante et la lumière allumée à l'intérieur. Ils n'y ont trouvé personne, mais il y a bien eu « visite ». Il n'y a vraiment plus de moralité. J'espère que les apprentis voleurs se seront fait tirer les oreilles par quelques « présences résiduelles ».

Pas grand-chose à dire ces derniers jours, car je « cartonne » à fond pour essayer de faire du vide et de la place dans ma maison. Là, je suis tombée sur des cadeaux de mariage de mes parents, même pas utilisés et dont j'ignorais l'existence. Arghhh !

JOUR223. Les vents ont amassé les feuilles mortes en tas. Cela a fait remonter un doux souvenir d'enfance. Gamine, là où nous vivions, il y avait une allée promenade pleines de platanes. Notre joie, avec mes amis, était de faire de gros tas de feuilles mortes dans lesquels nous nous jetions à corps perdus, entrainant des folles rigolades. Les cantonniers étaient ravis, car nous avions fait une partie de leur travail.

En parlant de souvenirs, dans un carton je suis tombée sur une boite à chaussures. Elle contient toute la correspondance qu'entretenait ma grand-mère paternelle avec ces deux soupirants. Ces cartes postales anciennes ont le privilège d'être datées (des années avant la première guerre mondiale) et vont me permettre de les classer. Je les partagerai ainsi avec mes cousins. En sachant, qu'elle a donné à mon père et son frère jumeau les prénoms de ces deux hommes…

JOUR224. C'est fait, cela nous pendait au nez du masque : couvre-feu de 21h à 6h. Bon pour moi, ça ne va pas changer grand-chose, car c'est mon lit qui m'accueille en général sur ce créneau horaire. J'avoue avoir croisé beaucoup de « touristes » et beaucoup de « démasqués » ces jours derniers, serait-ce lié ? En tout cas, il s'avère que 10% de la population contamine 90%... Certains pays européens se reconfinent afin de préserver les fêtes de noël en perspective. En France, les chiffres galopent : plus 42 000 nouveaux cas en 24h. Je rentre dans ma coquille pour hiberner un peu en attendant des jours meilleurs... Le cinéma et les promenades avec Nouchka ne sont plus que de lointains souvenirs. Nous reconnaitrons-nous dans quelques mois ? Sans parler de l'esthéticienne chez qui je ne vais plus, aura-t-elle pu préserver son activité économique ? Quelle leçon l'Homme prend-il à travers la figure, sauvons l'humanité et notre planète !

Ici aussi le respect prend du plomb dans l'aile : deux enfants d'une dizaine d'années ont tiré au mortier sur une patrouille de police. No comment !

JOUR225. Il me manquait, alors j'ai décidé de renouer les liens avec le SAV de mon fournisseur d'accès. Soit il m'aime et me pourrit ma connexion pour que je l'appelle, soit il ne m'aime pas et me pourrit ma ligne pour que j'occupe mon temps ailleurs que devant une bonne série ?! J'ai eu « Jean-Marc » qui va s'occuper de moi. Il m'a même félicitée d'avoir accompli toutes les actions de vérifications avant mon coup de fil ☺ Tu vas voir, ils vont finir par m'embaucher, yessss ! En tout cas, encore une fois, ma ligne est placée sous surveillance et Jean-Marc me rappelle lundi. J'ai trop hâte de notre prochain rendez-vous !

JOUR226. Vent, pluie, automne… Mon étendoir n'a pas résisté et une partie de sa structure s'est envolée pour finir dans la piscine. Je ne peux pas la laisser au fond de l'eau, cela va rouiller. Je pars à la pêche, sans succès. Après avoir bataillé, je me décide et prends mon courage à deux mains : je me mets en culotte et je descends dans l'eau. Titoun pousse, moi je tire et nous réussissons à récupérer le trésor. Je ressors le sang vivifié et cette baignade m'aura bien réveillée.

JOUR227. Promenade en forêt ce matin, au cas où quelques girolles voudraient bien m'éclairer de leur robe ensoleillée. Et bien j'ai fait une rencontre surprenante : mon compagnon m'attendait au même endroit où nous nous étions séparés. Il était là, fièrement dressé et je l'ai accueilli d'un grand cri de joie, qui a dû lui réchauffer le cœur. Nous sommes repartis ensemble, main dans la main, pour de nouvelles aventures. J'en ai profité pour faire un câlin à un bel arbre, élevé vers le ciel, fièrement, avec sa peau adoucie par une belle mousse verte. Nous nous sommes reconnus, car nous avons eu un échange apaisant et réconfortant.

Nous avons tenté avec Titoun de commencer une nouvelle série à la télévision. Je pense que Jean-Marc devait être jaloux. Nous avons persévéré 40 minutes pour voir 10 minutes du premier épisode. Abandon et lecture au lit. A 21h, extinction des feux… Finalement j'ai bien dormi et surtout « longuement ».

J'ai préparé mon tournevis.

JOUR228. Plus de 52 000 cas dénombrés en France, je crois que Covid souhaite que je parle un peu plus de lui… je l'avais occulté un peu ces dernières lignes, il s'est senti isolé ou mal aimé peut-être.

Mon amoureux « Jean-Marc » m'a rappelé. Lui aussi a constaté l'instabilité de la ligne… Il en est surpris, moi pas. Dossier transmis, encore, aux services techniques, ils vont me rappeler…

J'ai utilisé mon tournevis.

Enfin ! Elle a pris ses quartiers dans la pièce à vivre. Je l'ai installée confortablement, avec prudence pour ne pas lui mettre un mauvais coup. La table de mes grands-parents connait sa seconde vie, après ces quelques liftings. Elle y trône, accueillant le matériel informatique et en y apportant la chaleur du bois.

JOUR229. … 2h24… c'est trop tôt, mais je suis préoccupée pas mes cartons. Ce désordre, l'encombrement, la lenteur, les souvenirs… cela embue mon esprit. Comme, en plus, la lecture m'endort plus vite que la télévision, je pense couchée trop de bonne heure. Les enfants s'exaspèrent devant ce gloubi boulga, dans lequel je les entraine afin de choisir, trier… ils voudraient prendre un temps que je ne leur donne pas, car j'étouffe dans ce fatras de choses, dont je sais pertinemment que je ne pourrai pas toutes conserver. Je vais leur faire un carton « souvenirs des ancêtres ». J'y mettrai des objets de leurs grands-parents, mais aussi des miens et ils ouvriront cette pochette surprise à mon décès et décideront de leur suite. Mon fils aîné souhaite que je mette de côté des trucs, qu'il pourra prendre lorsqu'il aura une maison, donc plus de place…

Je suis allée faire des provisions, en cas. Le gouvernement se réunit d'urgence demain… J'ai été très surprise de trouver certains rayons vides au supermarché. Je ne suis pas la seule à y avoir pensé.

J'ai préparé mes chaussures et mon appareil photo.

JOUR230. Les souvenirs s'effacent parfois de nos mémoires pour laisser la place aux autres. Et là, je ne me souviens plus à combien de temps se remonte notre dernière marche avec Nouchka. Alors profitons pleinement de celle-ci pour papotages en vrac et belles images de la nature. Le temps est incertain, donc nous croisons peu de promeneurs. Je suis choquée par cette jolie poubelle qui est entourée de ces détritus qui trônent à ses pieds, message pour le ou les auteurs : « vous êtes de gros salopards ». Cela représente bien la dérive de notre société : vous ne pensez qu'à votre petite personne, individualiste. Nous vivons dans un pays libre… libre de dire et de penser et quelle chance nous avons ! N'oubliez pas de regarder ce qui se passe dans le monde, là où la démocratie est absente… Mais lorsqu'on vit « ensemble », la liberté individuelle s'arrête là où la liberté collective commence. Nous avons le droit de ne pas être d'accord, mais on ne peut mettre en péril l'équilibre d'une nation pour cela. Sinon, on est libre de la quitter et de vivre, ailleurs, sa vie d'égoïste. Le « vivre ensemble » oblige (malheureusement ?) à suivre des règles. Même dans les villages de survivalistes, les décisions sont prises en commun et font parfois des déçus ou des mécontents. Bon allez, vous ne voulez pas porter le masque, ça vous emmerde (moi aussi en l'occurrence), vous avez le droit de choisir et bien moi, aujourd'hui, j'ai décidé de ne plus m'arrêter au feu rouge, ça me fait vraiment suer de freiner et d'attendre, tant pis je passe et si vous traversez, je ne m'arrêterai pas.

Titoun a raison, quittons ce monde de fou et vivons coupés de tout, mais en harmonie avec la nature sereine. En vieillissant, il semblerait que nous aspirions à plus de sérénité et de tranquillité.

J'ai utilisé mes chaussures et mon appareil.

Finalement le bon côté de cette sortie, outre le réconfort humain que cela m'a procuré, est le regard porté sur notre belle région, qui nous offre de telles images. Moi qui viens de la banlieue parisienne, avec ses immeubles pour seules montagnes, sa course effrénée après le bus à prendre, sa promiscuité pour seule tranquillité (tient mon voisin à des problèmes de diarrhées), avec ces quelques arbres qui luttent contre les gaz d'échappements pour survivre… bref, j'apprécie amoureusement ces paysages basques. Je les « immortalise » et je les partage sur les réseaux. Ce qui, je le sais, donne l'occasion à d'autres d'en profiter, au moins par la vue et m'en remercie.

JOUR231. Hier, en France, 527 morts de plus ! Arrêtons de les banaliser en disant « ils étaient âgés, ils étaient malades… », est-ce une raison pour qu'ils meurent, déjà ? Et ceux qui ne meurent pas, est-ce une chance de vivre avec des séquelles ? Notre pays se reconfine jusqu'au 1er décembre. Les réseaux sociaux s'enflamment, pleins de messages de haine vis-à-vis de cette décision. Où est passée notre solidarité de la « première » vague ? Et si nous étions en guerre ? « ici Londres, les français parlent aux français » je crois que « les sanglots longs des violons de l'automne, bercent mon cœur d'une langueur monotone » serait à prendre au premier degré, ramez ou quittez le navire !

Des bouchons automobiles toute la journée autour des centres commerciaux.

Aujourd'hui, encore une attaque au couteau en France. Ce serait un attentat.

Il a fallu que je rappelle mon fournisseur d'accès, puisque bien évidemment il ne l'a pas fait. Arghhh ! Je m'auto admire devant ce calme qui m'habite, ou serait-ce de l'épuisement ? Qui aura le dernier mot ? Que de suspense !

Je dois rester accrochée à mon fil d'Ariane, qui me guide vers la sérénité nécessaire au bien être de mon corps et mon esprit. Ce reconfinement sera à nouveau une parenthèse pour moi, même si je n'ai pas repris ma vie d'Avant, à l'identique. Attentisme sera le maître mot de ma patience.

JOUR232. Premier jour du « reconfinement ». Les réserves sont faites et je peux tenir un siège. En fait, je procède ainsi pour éviter de sortir à tout va pour faire des courses. Cela suffit d'avoir Titoun qui va travailler à l'extérieur tous les jours. Ne multiplions pas les risques. D'ailleurs au bilan de sa journée, très peu de clients au bureau.

Le monde devient fou ! Il y a eu un attentat dans une église à Nice, où 3 personnes ont été tuées par arme blanche. Même moi qui suis peu familière avec la religion, je crois qu'il faut respecter les lieux de culte, quelle que soit sa croyance. Mais il semblerait que le mot « respect » tende à disparaitre du dictionnaire.

Mr Changement Climatique en profite pour s'en mêler, en nous offrant des températures à nouveau estivales. Mon hortensia refait des pousses !

JOUR233. On compte plus de 49 000 nouveaux cas en France. Un bilan des effets de ce second (ou deuxième ?) confinement sera fait dans 10 jours. Pourvu que les effets soient positifs, car il y a de la grogne un peu partout.

Mimétisme ou pas, un attentat aujourd'hui contre un prêtre orthodoxe à Lyon, encore à l'arme blanche. Peut-on ne pas en arriver à ce genre d'extrême ? Mon cœur saigne de voir l'humanitude disparaitre. Guerre de religions ? ou folie individuelle ? Peut-on s'assoir autour d'une table et dialoguer ? Martin Luther King a dit : « de vivre ensemble comme des frères et sœurs, sinon nous mourrons comme des imbéciles...." Titoun a raison, quittons ce monde cruel.

JOUR234. Fait suer, 46 000 personnes de plus infectées. Le monde s'affole à nouveau. Dans beaucoup de pays d'Europe, il y a des manifestations, parfois violentes, contre les couvres feux et confinement. Quelle est la bonne solution ? Y en a-t-il une d'ailleurs ? Je veux citer ici la parole de Claudie, mon guide de qi gong, qui me semble pleine de sagesse : « c'est vrai que l'on ne peut pas aimer et s'allier avec tout un chacun, mais, si dans notre cœur, grandit la compréhension, la compassion, la solidarité, la Lumière, nul doute que nous ne nous sentirons ni seuls, ni impuissants! ».

JOUR235. Pas de chiffres, pas d'infos, pas de place pour toi Covid. La situation de ce jour n'a pas beaucoup changé ma vie de ces derniers mois. Je ne peux toujours pas embrasser mes enfants. Un médecin de l'OMS a déclaré que nous ne pourrons pas nous débarrasser de toi et qu'il nous faut apprendre à vivre, avec.

JOUR236. Arrgh ! Hier un attentat, à Vienne, en Autriche.

Je sors faire un tour de 1 heure, pas plus de 1 kilomètre, attestation en poche. Je marche, je fais des tours et des détours pour remplir mon heure, mais difficile cette limite de distance en évitant les rues encore fréquentées par trop de voitures. En rentrant, je suis frustrée, mon compteur n'affiche que 2.6 km. Tant pis, je me suis aérée au moins. Pour la peine, j'enfourche mon vélo, « allez pédale et tais toi ! » J'allais oublier de vous raconter : j'ai croisé une patrouille de la Police Municipale qui, me voyant, a ralenti. J'avais le masque sur le nez en marchant et une tenue bien sportive. Ils ont donc poursuivi leur chemin, sans arrêt. Ou bien est-ce parce qu'aucun des 3 hommes en uniforme ne portait de masque ?

L'intervention chirurgicale de Titoun est reportée. L'hôpital déporte des malades sur les cliniques privées. On dénombre 854 décès de plus en France en 24h, dont 50% en EHPAD, dites au revoir à nos anciens... Les USA ont enregistré eux 1130 morts, nous sommes proches, et là ça craint.

JOUR237. Deux mots sur toi Covid et après on change de sujet : ici la situation ne cesse de s'aggraver avec un nombre croissant d'admissions dans nos hôpitaux. J'ai repris mes marches autorisées avec mon laisser passer et je ne cesse de croiser des promeneurs (d'un âge certain) sans masque. La rébellion chez les commerçants, certainement à juste titre économiquement, est liée à ce pseudo confinement, avec des écoles ouvertes, peu de télétravail... On est mal barré ! J'ai beaucoup aimé la perte de sang-froid, à l'assemblée, de notre ministre de la santé. En résumé « Le ministre de la Santé, qui revenait d'une visite au service de réanimation de l'hôpital de Corbeil-Essonnes, a évoqué le quotidien des soignants mais aussi le cas de ces malades, jeunes, dans le coma, intubés, en réanimation, qui lui ont été présentés. « C'est ça, la réalité, Mesdames et Messieurs les députés », s'est-il alors exclamé, alors que commençaient à monter les réactions sur les bancs de l'opposition. Réaction, peut-être, pour dire : « Mais qu'avez-vous donc fait, Monsieur le Ministre, depuis six mois, pour que cette réalité ne survienne pas ? ». Alors, le ministre s'emporte, s'emballe, perd ses nerfs, pète les plombs : « Si vous ne voulez pas l'entendre, sortez d'ici. Elle est là, la réalité des hôpitaux, elle est là, la réalité des hôpitaux. » (extrait tribune de presse voltaire).

Le froid est là, ce matin 4° et les grues nous saluent en passant au-dessus de nos têtes, ça sent les vacances au soleil les filles !

Le monde entier a les yeux rivés sur les élections présidentielles aux USA. Vu l'imbroglio dans lequel ils sont : entre un qui est à la porte d'entrée de la Maison Blanche et l'autre qui ne veut pas prendre celle de la sortie... on n'a pas fini !

J'ai préparé ma mixture

JOUR238. Le Roi Opérateur, qui règne sur mon monde connecté, ne m'a pas rappelé comme prévu. C'est donc Titoun qui a décidé de s'en charger… Après 20 minutes de palabres, nous annonçant une intervention du propriétaire de la ligne, mais dans 3 semaines seulement, il a raccroché. « - ça m'a énervé » me dit-il. Il a pu constater combien nous sommes leurs choses et surtout être obligé de garder son sang-froid pour ne pas insulter la personne du SAV qui n'y est, personnellement, pour rien. J'ai tout de même décidé de leur pourrir leur page sur les réseaux sociaux. J'ai finalement été surprise (oui, je suis naïve), de voir sous chaque post de communication de la marque, des réponses incendiaires d'internautes excédés qui sont dans des situations similaires à la notre et dont la marque n'attache aucune importance, sans aucune réaction de leur part. Ce monde connecté a décidément raison de notre zen attitude.

Dans un monde qui perd la boule, plus de 62 000 nouveaux cas en France. J'ai vu un reportage dans un hôpital surchargé, où le médecin montrait l'exemple d'un malade : « Voyez ce monsieur de 70 ans qui est en détresse respiratoire. Nous allons simplement l'aider avec de l'oxygène, mais je ne le mettrai pas en service réanimation. Je suis obligé de garder les lits pour des personnes plus jeunes, qui ont plus de chances de s'en sortir. » Bienvenus au 21ème siècle, dans un pays dit « civilisé ».

La maison de mes voisins est estimée à 700ke, on m'annonce un promoteur sur les rangs…. Arggh !

J'ai utilisé ma mixture.

J'avais une chaise en tissu à nettoyer. Le dieu internet m'a proposé divers recettes. J'ai opté pour la plus naturelle. J'ai frotté, frotté, brossé, brossé, rincé, essuyé…. Ma foi, mon royal postérieur s'en trouvera ravi, car c'est une belle seconde vie pour cette chaise.

J'ai préparé ma fourmi

JOUR239. Le retour de la grippe aviaire dans notre pays, cousine de Covid. Nos amis gallinacés et autres vont nous rejoindre en confinement. Au Danemark, les visons vont être abattus, car ils sont porteurs d'une forme mutante de Covid, transmissible à l'homme et mortelle pour nous. La Chine referme ses frontières à certains pays européens. L'Allemagne accueille à nouveaux des malades français. Plus 60 000 cas enregistrés en 24h dans l'hexagone.

Je me suis à nouveau lâchée sur la page du Royal fournisseur d'accès, en contant ma mésaventure. J'ai rejoint encore des compagnons de route, si nombreux et dans des cas similaires au notre. Sans aucune réaction, bien entendue, du Roi.

J'ai utilisé ma fourmi.

Depuis que je poste des photos sur les réseaux, surtout culinaires et de nature, en me présentant comme « la fourmi », j'ai de plus en plus « d'abonnés ». J'ai attiré l'attention d'un « ami » qui avait, lors du premier confinement, posté des photos, chaque jour de Amandine « la patate ». Il l'a mettait en scène et nous racontait son histoire. Il a fait le buzz car, nous attendions ses nouvelles aventures quotidiennes. En voyant les miennes, il m'a proposé de nous faire « une partie » avec ma fourmi et sa cigale. Nous voilà lancés dans cet échange à distance, qui réjouit nos connaissances. On s'amuse comme on peut.

JOUR240. Nous avons dépassé les 40 000 décès dans notre pays, quelle tristesse. Je suis touchée par ce médecin qui explique qu'ils sont très affectés par les morts. Elle pleure en expliquant, qu'ils ont eu à faire face aux décès multiples, les uns après les autres, des membres de même familles.

Le nouveau président des USA frappe à la porte, mais le locataire actuel ne trouve plus les clés, zut il est enfermé à l'intérieur… libérez-le !

Sa Majesté mon fournisseur d'accès m'a gracieusement honoré de sa présence, en me prêtant un « web trotteur ». Cet objet me permet d'avoir accès, au moins, à internet. Il a fonctionné une semaine ! Quelle chance j'ai eu ! Merci ô mon bon Maître. Je m'incline tellement devant tant de générosité, que je peux te baiser les pieds si tu veux. J'ai bien reçu ton message qui me dit que tu verras, une fois mon souci réglé, pour m'accorder un geste commercial… mais, surtout, si je ne te quitte pas ☺

JOUR241. Plus de 100 nouvelles admissions en une semaine dans notre hôpital. Une structure « pliable » va être installée pour pouvoir faire face à l'affluence croissante. Force est de constater que ce pseudo confinement n'apporte pas les effets attendus.

Comme lors de notre premier confinement, la nature reprend certains droits et donne accès à des phénomènes étonnants : des sangliers se sont réservés un tour de piste sur l'hippodrome de Biarritz, pourtant en pleine ville. Courez les petits, ici pas de fusils !

JOUR242. Encore un guet-apens pour les pompiers et force de l'ordre dans une banlieue. Les habitants ont pu assister à une « guérilla urbaine », les piégeurs étant « lourdement armés. » Avant « on trouvait tout à la Samaritaine », maintenant c'est sur internet et en plus la livraison est assurée !

Le grand gagnant a été trouvé : un laboratoire américain, grâce à deux chercheurs allemands, aurait trouvé un vaccin efficace à 90%. J'entends déjà le bruit de la monnaie qui tombe et d'ailleurs la bourse a frisé l'hystérie. Tests sur les humains à suivre.

J'ai un petit coup de mou aujourd'hui. Nous devions amener la voiture de mon frère au contrôle technique… refus de démarrer… je n'y vois pas de signe, juste des tracas… encore…

Nous préparons la voiture, la nôtre.

JOUR243. Le nombre de nouveaux cas en 24 h dans notre pays semblerait diminuer, on est à 22 000 en plus. Restons vigilants.

La Russie a annoncé un vaccin efficace à 92%. Quoi penser ? On rit à gorge déployée ou on fuit ? On va attendre aussi les vaccinations de masse. Les Brésiliens avaient stoppé les tests de celui produit par les chinois, suite à plusieurs décès.

Nous avons utilisé notre voiture.

Direction les parents de Titoun pour leur apporter des victuailles. Récupération d'une armoire de mes grands-parents. Aussitôt installée au garage, nous avons pu en fin mettre un peu d'ordre. Cela nous permet de circuler à deux et non plus en file indienne. Une bouffée d'air.

J'ai préparé mes outils.

JOUR244. Les chiffres vont et viennent dès que l'on parle de Covid. Aujourd'hui le nombre de nouveaux cas est à la hausse. Bon tant pis, on continue d'avancer et on se fiche des 500 morts, en moyenne, de notre quotidien. En Italie, à Naples, scénario apocalyptique : comme il n'y a plus de place dans les hôpitaux, les malades sont cantonnés dans leur voiture, devant les centres de soins et on leur apporte de l'oxygène.

J'avais déjà remarqué lors de la première phase de confinement, que les propriétaires de chiens se laissaient aller à quelques libertés merdiques sur les trottoirs. Rien ne change, rebelote, tente ta chance du pied gauche, tu as le choix de la taille et de la fraicheur. Donc, cette affiche apposée devant un portail d'une maison m'a beaucoup fait rire : « Cours de yoga gratuit : pliez vos jambes, gardez le dos droit, inclinez votre buste et ramassez la merde de votre chien, bonne relaxation. »

J'ai utilisé mes outils.

En moins d'un an, cela fait la 4ème batterie de voiture que nous changeons avec Titoun. Bien évidemment, c'est un véhicule différent à chaque fois. J'ai une requête à formuler : pourrait-on envisager, de la part des constructeurs automobiles, de n'avoir qu'une seule méthode pour fixer les batteries. Heureusement qu'il y a des tutos sur le Dieu internet, car c'est à chaque fois une façon différente, des outils autres et surtout, point commun, une usine à gaz où : « si t'as pas fait Polytechnique, tu peux faire de la marche à pieds ! »

JOUR245. Besoin d'un redressement chez l'ostéopathe. Nous avons longuement échangé sur la Magicienne, que lui aussi est allé voir. Nos parcours un peu similaires et surtout notre côté cartésien, font que nous sommes en état de « surprise, mais il y a quelque chose d'inexplicable ». Elle nous a dit que, au fil des siècles, nous nous « retrouvions » et toujours autour d'un même groupe d'individus. Il a vécu ses expériences amoureuses de façon identique aux miennes. Ce qui m'a amené à réfléchir sur ce pan de ma vie. Toute petite, je cherchais et croyais que « un jour mon Prince viendra ». Au travers de mes relations amoureuses, je cherchais cet Homme. Je m'en approchais, au fur et à mesure que je pouvais mettre des mots sur Celui que je voulais. Mais je savais que ce n'était pas encore la bonne personne. D'ailleurs, je m'étais résignée à croire que ce n'était qu'utopie et acceptais de vivre bien, mais pas dans le Bonheur. Jusqu'à que nos chemins se croisent, (à nouveau ?) et là j'ai SU…vous connaissez la suite. Cela m'amène à me dire, qu'un jour (à nouveau ?) quelque chose se brisera et nous serons provisoirement séparés. L'un de nous deux, celui restant, vivra une peine immense, dans l'attente de cette reconnexion. Je veux vivre chaque jour auprès de lui, encore plus intensément qu'auparavant. Chaque cellule de mon corps lui est dédiée et notre alchimie, fait de nous un binôme parfait, comme un être unique et universel. Merci de me donner cette chance et ce pouvoir « d'Aimer ».

JOUR246. Au cours d'une lecture, j'ai découvert une notion qui m'a intéressée : le langage des oiseaux. Selon Wikipédia (NB pour Nouchka : rappelle-toi un soir au cinéma), «La langue des oiseaux consiste à donner un sens autre à des mots ou à une phrase, soit par un jeu de sonorités, soit par des jeux de mots (verlan, anagrammes, fragments de mots…), soit enfin par le recours à la symbolique des lettres. » J'aime la communication et sa subtilité, car cela peut-être une arme plus redoutable qu'un fusil. C'est aussi un jardin dans lequel l'esprit peut s'évader, se reposer, rêver… jouer avec les mots. Je vais donc y penser et écrire de temps à autre ainsi, tout en le précisant pour ne perdre personne en route. Par exemple, je dirais bien que bon nombre de personnes pensent que « Covid est un grand nettoyage (LO : nettoie âge). »

Nous avons profité avec Titoun d'un déplacement nécessaire à la Poste, pour y aller à pieds. Il va devoir s'entrainer pour se faire à mon nouveau rythme… Vivement la retraite !

J'ai préparé mon produit et mon chiffon.

JOUR247. Titoun rend visite régulièrement à ses parents confinés en campagne, seuls. Sa mère perd doucement pieds et commence à avoir des soucis, de ce que l'on appelle communément « yoyotage ». Jolie expression, qui en LO, fait bien comprendre ce mouvement de va et vient que ses pensées font. Elle est branchée en boucle sur les infos et son esprit a du mal à gérer, ce qui entraine des angoisses en supplément. Lui, moins connecté, voit sa femme partir et, je pense, est très inquiet à son sujet. De plus, ils n'ont pas encore pris du recul sur les décès de cette année et son très marqués. Nous sommes spectateurs à cause du confinement et espérons que nos actions auront tout de même un effet positif, pour les maintenir à flots.

J'ai utilisé mon produit et mon chiffon.

Cela faisait plusieurs jours que je procrastinais, car je n'aime pas cela. Dans un carton, j'ai retrouvé de l'argenterie. Je ne sais pas d'où elle vient, surement cadeau de mariage de mes parents. Ce symbole de la bourgeoisie et d'un pseudo standing, me rappelle qu'il faut la nettoyer pour qu'elle garde de sa prestance. Sauf que moi, je suis rendue au rang des domestiques qui le faisaient par obligation et que j'exècre les symboles de richesse. Vite tu brilles, vite je vais me débarrasser de toi.

JOUR248. La terre est ronde (sauf pour les complotistes) et le monde ne tourne pas rond en ce moment. Une fête a réuni plus de 300 personnes dans une demeure en région parisienne. La Police, appelée par des voisins à cause du tapage nocturne, a finalement été rouée de coups par les festayres, pas vêtus EN blanc et rouge (comme pour les fêtes de Bayonne) mais imbibés AU.... Finalement, un invité a été testé positif au Covid, et les participants sont, cette fois, « invités » à se faire tester.

Il me reste une vingtaine de cartons.

JOUR249. Je suis contente, je vais pouvoir tenter une nouvelle expérience. Un copain de réseau social, avec qui nous partageons le même intérêt pour le potager et la cuisine, a posté des photos de sa plantation d'endives. J'ai reçu ma commande ce matin de racines à transplanter. Donc je vais faire joujou et je vous donne rendez-vous dans quelques semaines.

J'ai pris contact avec mon assistance juridique pour passer à la vitesse supérieur, afin d'essayer de régler mes soucis avec l'hôpital et mon fournisseur d'accès. C'est vrai finalement, pourquoi simplifier les choses, quand elles peuvent être aussi merdiques ? « Merci les gars, j'ai que ça à foutre », désolée pour ce langage.

JOUR250. Rendez-vous ce matin chez l'orthoptiste. Je retrouve la joie d'un grand parcours pédestre, sans limite. Je reprends le chemin des « cœurs tagués », toujours présents sur le trottoir, même si les feuilles mortes leur font une couverture douillette. Mais j'ai aussi renoué avec les chasseurs de primes, qui veulent m'éliminer en m'écrasant. C'était ma journée facteurs aussi. J'ai rencontrée 3 anciens collègues avec qui j'ai papoté. Je mesure la chance que j'ai d'avoir pu négocier cette préretraite, qui m'offre une tranquillité d'esprit inestimable.

J'ai préparé mes bacs et ma pelle.

JOUR251. … 3h34… c'est l'anniversaire de mon petit frère… cela pourrait passer presque comme une journée ordinaire. Mais ce qui me fait de la peine, c'est que c'est aussi celui d'une amie et que chaque année je souhaitais joyeusement les deux. Et là, je suis partagée entre joie et tristesse. J'ai ressorti deux jolies photos de lui, que j'ai partagées à ses amis. Bonne journée à tous.

Encore plus de 400 décès et 43 000 contaminés en France, mais ça va aller : une décrue s'amorce. D'ailleurs le 1er décembre devrait sonner la cloche de la liberté. On va se remélanger pour les fêtes et on verra bien en janvier.

J'ai utilisé mes bacs et ma pelle.

Mes racines d'endives sont heureuses d'être accueillies à la maison, elles savent que je vais les entourer d'amour (pour mieux les manger). Donc plantations sous deux formes : selon les recommandations du grainetier, en pleine terre, rendez-vous dans 6 semaines ; la seconde dans de l'eau, selon les conseils du copain internaute, à déguster normalement dans 8 jours. Affaire à suivre ☺

JOUR252. Bobo bidou. Cela quelques jours que je suis incommodée. Ai-je renoué avec mes intolérances alimentaires ? Ou bien est-ce une gastro ? Ou encore une des formes de Covid qui s'attaque au système digestif ? Je mesure bien les jours à venir, les difficultés des médecins qui vont voir arriver dans leur cabinet une nuée de malades affolés. Mais ça, on s'en doutait !

La pluie du jour m'a accompagnée jusqu'au marché. Très pratique pour moi, peu de clients donc peu d'attente et cela me permet de vraiment « m'aérer ». Mais comme il n'y a que des commerces alimentaires, je n'ai pas pu trouver des cadeaux de noël, comme chaque année. Je vais culpabiliser et commander des choses sur internet pour être certaine d'avoir quelques menus cadeaux à mettre sous le sapin… « Pardonnez-moi j'ai pêché. »

JOUR253. Le froid est là, 2° ce matin. En journée par contre, cela monte jusqu'à 25, donc on réchauffe la maison facilement. Mes bébés citronniers s'éclatent en secouant leurs feuilles derrière la vitre. D'ailleurs, Nouchka m'a gentiment apporté des oranges de son jardin. Donc, on va les déguster, je vais récupérer le zest bio et je vais planter des pépins pour une affaire à suivre ☺.

J'ai craqué.

Je ne voulais pas faire de sapin cette année, faute de place avec les cartons qui encombrent encore le salon. Finalement, petit tour au grenier, j'ai opté pour 2 parties seulement du sapin synthétique qui fait 2 mètres de haut. Petit modèle d'1 mètre 30, moins encombrant mais qui ravit mes belles filles, car elles ont vu les calendriers de l'avent qui les attendent au pied.

JOUR254. Ce matin, il a fallu que je gratte le pare-brise de la voiture car il était gelé. Mais cet après-midi, j'étais en tee-shirt grâce aux 24 °… Les organismes vivants en perdent leur latin.

J'aime les mots et la possibilité de « jouer » avec. Une belle expression permet, parfois, de nous amener sur le chemin de la réflexion. Les lettres assemblées entre elles sont notre fil d'Ariane vers la liberté de penser et celle de pouvoir le dire. J'ai retenu 3 d'entre elles qui m'ont marquées ces derniers jours. Je ne les commenterai pas, car il est mieux que chacun se les approprient.

- Une jeune africaine parlait de sa vie dans son pays et la comparait à celle de ses ancêtres : « - Ma mère avait des préoccupations, moi j'ai des rêves. »

- Un comédien dit dans une série, cette phrase qui ressemble un peu à celle de JP.Sartre : « - La vie n'est pas ce que l'on fait, mais ce que l'on en fait. »

- Un historien parlait de la gente féminine qui a jalonné l'histoire de France, pour conclure : « - Catherine est le prototype du prénom de la Femme. »

JOUR255. Il y a parfois des situations qui font rire malgré nous et alourdissent notre besace constituée de « dossiers gênants ». Mon fils ainé s'est copieusement coincé le dos avec un lumbago, suite à la serpillière passée chez lui. No comment ☺ !

Déception du jour : les oranges de Nouchka n'ont pas de pépins, donc pas de progéniture à venir. Tant pis, je vais essayer les clémentines.

Un reportage montrait comment la ville de Séoul faisait pour être épargnée par Covid. En bref, application sur le téléphone pour tous, contrôles multi quotidiens par envoi de questionnaires, masque pour tous (y compris les petits) et partout, décontamination des lieux publics réguliers, contrôles permanents de la température et isolement en cas de suspicion. Cela permettait d'avoir une vie culturelle et sociale « normale ». Intéressant ou trop ?

JOUR256. Réparation de la ligne programmée aujourd'hui. Je croise tous mes doigts de pieds. Sinon, mon fournisseur aura affaire au service juridique… A suivre.

Mr Destin a croisé ma route. Rendez-vous chez l'opticien pour refaire mes lunettes. Il me laisse choisir parmi la multitude de montures présentes, que j'essaie à tour de bras. Difficile de se décider, il vient à la rescousse. Je veux de la gaieté et du peps dans la monture. Il me tend alors une paire orange et me montre les branches : « -Vous voyez cette gamme, appelée Vynil factory, est dédiée à la musique et elles sont toutes en forme de manches de guitare. » Je dédicace cette pensée à mon petit frère le guitariste.

J'ai préparé mes pots et ma terre.

JOUR257. J'ai préparé des gâteaux pour Titoun. Il est dans la dernière ligne droite, avant d'entamer un nouveau virage pour accéder à son nouveau parcours. Il a dit au-revoir à ses collègues autour d'un verre, bien heureux de ce changement de vie nécessaire. Covid a laissé des traces, chez les clients, chez les collaborateurs, sur lui… cette peur, l'inconnu, les nouvelles contraintes ont profondément impacté les relations humaines. Allez, on tourne une page.

J'ai utilisé mes pots et ma terre.

J'avais cassé des branches de coléus malencontreusement. Mises en eau, elles ont développé de jolies racines, bien déterminées à profiter de cette nouvelle indépendance. Voici le temps du retour à la terre. Plusieurs branches, plusieurs pots, plusieurs destinataires. J'essaime et confie mes petits à de nouveaux parents. Belle future vie les filles ☺

JOUR258. Le Président s'adresse à ces chers concitoyens (pas de LO s'il vous plait, un peu de sérieux). L'heure de l'allègement est venue. Les nouvelles « directives », « consignes », « recommandations », « conduites », « lignes de vie »… peu importe comment on les nomme, sont données. Nous allons rebooster un peu l'économie (avec toujours des laissés pour comptes), passer des vacances de Noël en famille… Je crains un peu de mou dans la bride pour mieux affronter psychologiquement, non pas ce que certains appellent la 3ème vague, mais la poursuite de cette crise mondiale. La France a dépassé les 50 000 morts, pensons à leurs familles.

JOUR259. Depuis quelques temps, ma forme était en baisse avec quelques maux, nouveaux et renaissants. Titoun aussi me glisse quelques mots qui m'ont mis la puce à l'oreille. J'ai donc décidé de retourner voir la Magicienne. Je lui ai dit deux phrases, elle m'a dit le reste. Vous savez que je suis une personne très cartésienne. Mais, oui il y a un Mais, en vieillissant, avec mon expérience de vie, mes lectures, mes rencontres… mon esprit s'est enrichi de données nouvelles. Cette personne fait partie de celles-ci. Je ne juge pas, je tâche de rester objective et ouverte de cœur et de pensées. Je suis à la fois spectatrice et actrice de ces paroles qu'elle prononce. En résumé, je ne sais pas expliquer, et ne cherche même pas à le faire, je reste scotchée et ne peux qu'exprimer ma grande gratitude devant cette rencontre. Elle marque ma vie (et les suivantes) d'une empreinte indélébile, pleine de bonté et de bienveillance. Elle a la gentillesse de nous partager ce don, par amour de tous. Merci.

J'ai préparé mes pots et ma terre.

JOUR260. C'est vrai que le petit sapin dans le salon laisse planer comme un air de « joyeux Noël ». Il m'a redonné la pêche pour trouver les fameux « cadeaux parfaits ». Sans possibilité de visiter quelques lieux magiques où trouver de bonnes idées, j'ai péché en batifolant avec internet. J'ai tout de même trouvé des boutiques locales à faire travailler. Cela m'a emplit de joie de préparer les paquets. Pas d'exploit de papier cadeau cette année, plutôt du recyclage pour embêter Mr Changement Climatique. Je suis contente, car il y aura pleins de petites choses sous le sapin et je suis autant excitée de voir les yeux brillants de mes proches déballer les leurs, que d'en recevoir moi-même.

J'ai (encore) utilisé mes pots et ma terre.

Allez, quelques nouveaux pépins de citron et de mandarines vont faire leur plongeon en terre. Titoun a entendu un jardinier à la radio, vanter les mérites de ce type de plantation, donnant de beaux arbres fruitiers. Donc il m'a ramené pleins de pépins de fruits bio, à tester. Heureusement que j'ai assez de petits pots. Par contre, à suivre sur plusieurs années…

JOUR261. Je retrouve avec joie le chemin du cours de sport aquatique en bassin. Dans le cadre du sport santé et chez un kinésithérapeute, cette pratique est autorisée. Je me rends compte de ce bonheur que je ressens quand je fais du sport « intense ». Je me challenge toujours et cette dualité en moi me procure une sérénité salvatrice. Pour ceux qui n'aiment pas le sport : cherchez bien, il doit y avoir une discipline qui vous corresponde, et vous verrez que cette énergie qui circule en vous inonde chaque cellule de votre corps d'un doux sentiment de bien-être. Aimez votre enveloppe corporelle, car elle vous abrite avec bonté. Faites-vous plaisir.

JOUR262. Voilà, Titoun sera en congés pour 4 semaines ce soir. Je compte les heures autant que lui. Pas de courses contre la montre, nous allons nous poser ensemble et faire « pleins de choses » que nous avons procrastinées par manque de temps.

Je change de sujet, pour vous compter une aventure sur la toile résumant la nature de certaines personnes. Je participe régulièrement à des jeux concours. Ce qui m'intéresse, ce sont les sensations que me procurent le fait de jouer et, éventuellement, de gagner. C'est un peu comme lorsque tu vas aux champignons et que tu en trouves. Je fais partie des plusieurs groupes de « concouristes » qui s'échangent des bonnes pratiques des infos, des résultats… Et nous avons depuis quelques jours un monsieur qui rafle tous les lots et dont le nom ne cesse de sortir sur de très gros cadeaux. Cela serait passé inaperçu, si dans les pages regroupant des résultats, son nom n'avait pas été remarqué, à force. Il exerce apparemment une profession de programmeur informatique. Il n'en faut pas plus pour semer le doute. Dans ce genre de pratique, la part de rêve disparait pour faire place à un côté mercantile, qui pour moi est malsain. Un reportage récent montrait d'ailleurs un homme qui « jouait » aussi de façon suspecte et vendait les lots gagnés, pour empocher environ 4500 euros mensuellement. Grand bien vous fasse jeunes gens, je préfère garder ma naïveté, mon innocence, ressentir l'adrénaline couler en moi lorsque je découvre mon nom de gagnante et je vous rappelle que la roue tourne. L'argent fait vraiment faire des choses insensées.

JOUR263. Je repense à ce que j'ai écrit hier et cela m'a amené à une autre réflexion. En cette période où l'on parle de « conscience collective » de « solidarité face à l'adversité » et autre concept, les mesures gouvernementales font émerger des crises, des coups de gueules, des révoltes, des manifestations…En fait, je me dis que plus les lois sont contournées, plus ça entraine un durcissement des législateurs qui n'arrivent pas à faire face. On se demande si dès qu'il y a un changement dans nos habitudes, certains ne mettent pas tout en œuvre pour trouver la parade et contourner « cet obstacle ». C'est le serpent qui se mord la queue. S'il n'y avait pas de « contrevenant », il n'y aurait pas besoin de ce durcissement ?! Débat ouvert ☺

JOUR264. Allez, encore un bain dans les démarches administratives de notre cher pays. Titoun doit passer le test Covid avant son intervention. Il suit à la lettre les directives de l'anesthésiste. Et bien non docteur ! Ce n'est pas du tout ainsi qu'il fallait faire. Nous voici cheminant sur la route de « non ce n'est pas là », « non c'est trop tard », « le médecin vous a dit n'importe quoi »… ce n'est pas grave, nous n'avons que cela à faire.

JOUR265. Mesdames et messieurs de l'hôpital je vous confie l'Amour de ma vie. Prenez-en soin, car je le récupère dans l'état où vous le trouvez. J'occupe ma matinée avec un ménage d'enfer, pour que mon esprit ne vagabonde pas dans l'angoisse. Je reçois enfin le sms tant attendu : réveillé, tout va bien. Résultats dans 3 semaines.

Je suis allée voir mes bébés endives. Ça poussotte. Mais comme le garage est froid, elles prennent le temps de pointer leur bout de nez.

Pluie, vent, froid… bascule violente dans l'hiver, alors que la semaine passée nous avions encore 25° certains jours.

JOUR266. Les chiffres de contaminations en France commencent à baisser favorablement, 8800 « seulement » aujourd'hui. Tant mieux, nous pourrons espérer un allègement des mesures comme prévu à mi-décembre.

Aux USA un vent de panique souffle à nouveau. Les fêtes de Thanks giving ont donné lieu à des mouvements de population, souhaitant passer les vacances en famille. Covid en a profité aussi pour se répandre à nouveaux et faire des hécatombes.

Je reçois des nouvelles de la protection juridique à qui j'ai confié le dossier de l'hôpital, puisque je n'ai pas de réponse à ma lettre recommandée. La personne en charge du dossier me dit : « - Certes, ils ont commis une faute car ils n'ont pas fait de feuille de vestiaire. Mais comme ils n'ont pas fait cet enregistrement, nous ne pouvons pas prouver que votre frère avait bien avec lui tous les éléments volés. » No comment !

JOUR267. Un de nos anciens présidents est décédé des suites du Covid à l'âge de 94 ans. On a tout de même entendu « - Oui, mais il était âgé »… Ingrats. Croyez-vous que sa famille s'est dit la même chose ? Bref, c'est un homme qui a beaucoup œuvré pour le droit des femmes à une époque encore très « masculine ». Donc, même sans être d'accord avec ses idées politiques, on se doit de garder « une mémoire » et la transmettre. Cela me fait penser à une publicité, qui passe en ce moment, dans laquelle une mère donne à son fils une cassette audio à bande et lui dit « tu auras droit au jus de fruit lorsque tu sauras te servir de cela ». Oui j'ai connu la télévision en noir et blanc, avec une seule chaine, pas besoin de télécommande, d'ailleurs cela n'existait pas.

Les chiffres ont fait un rebond extraordinaire : plus 14 000 nouveaux cas. Zut, zut et rezut.

Titoun a récupéré de son intervention et nous offre le premier feu de cheminée. Une douce chaleur des yeux nous réchauffe le cœur.

JOUR268. La phrase du jour d'un élu concernant les fêtes de Noël. Le nombre de participants au réveillon est limité à 6 personnes. Comment allons-nous faire ? « - il n'y aura qu'à tirer au sort les invités. » No comment !

Toute cette pluie, qui tombe de façon incessante et nous cloitre à la maison, me donne envie d'un bon chocolat chaud maison. Je réchauffe mes mains autour de la tasse en pensant, à ce pauvre facteur qui avait les doigts violets, car il n'avait pas de gants. Je salue toutes ces personnes qui travaillent à l'extérieur et je les surnommerai, eux aussi, « des héros » de notre quotidien.

JOUR269. La cuisine est pour moi un loisir et un plaisir. Je suis épicurienne. J'adore découvrir et tester de nouvelles recettes. Je les prépare, plusieurs fois, jusqu'à atteindre une sorte de perfection qui me convienne et je passe à une autre recette. Finalement, on ne mange pas souvent la même chose chez moi. Je demande toujours l'avis de mes proches lorsque je suis en « phase de test » et je m'enrichis des avis de tous pour l'améliorer. Aujourd'hui, nous avions une réunion pour le projet de la salle de mon petit. Mes deux fils sont arrivés chacun avec une recette qu'ils avaient préparées. Dégustation collective et chacun donne son point de vue… ça me rappelle quelque chose. ☺ Je suis fière d'eux.

JOUR270. Plus de 11 000 nouveaux cas, ça redescend un peu…

Je vais revoir la Magicienne qui s'occupe de Titoun. Elle m'étonne à nouveau, en me donnant des détails qu'elle ne peut connaitre. Je ne deviens pas mystique en vieillissant, mais je deviens curieuse et spectatrice de choses que je ne comprends pas. C'est que ma route devait croiser ces personnes et leur bienveillance. Je me laisse porter ou bien suis-je sur le fil du rasoir proche de la folie ?

Nous avons préparé marteau et burin.

JOUR271. L'Angleterre se vaccine ! Le couple royal va donner l'exemple en passant les premiers. Tout va bien se passer, restons aux aguets.

Nous avons utilisé le marteau et le burin.

Nous avons décidé de penser à l'avenir dans notre maison. Les évènements de cette année apportent leur lot de réflexion et d'actions. Il est temps d'installer une douche moins dangereuse pour nos vieux jours. Alors le chantier salle de douche est désormais ouvert ! Profitons des congés de Titoun et entamons la casse. Rien que l'idée de me défouler avec la masse me réjouit.

JOUR272. Les idées de grands nettoyages ont séduit beaucoup d'entre nous suite à ce confinement. Un copain qui a décidé de refaire son appartement, renouvelle aussi sa décoration. Comme il n'aime pas jeter, il me donne pour que je recycle. Mais là, il m'a tellement cédé de trucs en tout genre, que je suis submergée de nouveaux objets. Cela m'a mis un coup de stress face à cette affluence, qui vient encombrer mon intérieur, le temps que je trie. J'ai retrouvé ce vent de panique qui m'habitait parfois lorsque je travaillais, avec la pression, et je mesure ma chance de ne plus le faire.

JOUR273. La Suède est en panique. Ils atteignent un taux de mortalité record. Les dirigeants ont décidé de mettre fin à leur choix « d'immunité collective », qui semble-t-il ne fonctionne pas (ou plus). Un couvre-feu est instauré en France pour ne pas reconfiner le pays.

Mon amoureux du fournisseur d'accès m'envoie un signe pour me dire que je lui manque : nous sommes à nouveau en panne… Ils n'ont même pas répondu à ma lettre recommandée. Encore un dossier à transmettre au service juridique… On s'amuse comme des fous dans notre société !

JOUR274. Une fête « sauvage » a réuni plus de 500 personnes en France… bravo et merci pour cette conscience collective. Tiens allez, avec Nouchka on fête ça au champagne, pas de raison que l'on ne fasse pas la fiesta dans ma cuisine ! Na !

L'Allemagne aussi prend des mesures fasse à la recrudescence de malades. Ils sont plus touchés que lors de « la première vague ». Cela ne sent pas bon…

JOUR275. Les USA commencent la vaccination. Un certain nombre de collaborateurs de la Maison Blanche vont passer les premiers. Le Président va attendre avant de se faire piquer… on n'est jamais trop prudent ☺.

En France 14 000 nouveaux cas. Les fêtes de Noël se préparent grand train. Les commerces sont envahis. Bientôt les vacances et son lot de circulation…

J'ai préparé mes masques.

JOUR276. J'ai vu un reportage traitant du sujet des vaccins. Il m'a ramenée à la dure réalité économique de la santé et de leurs enjeux politiques. Lorsque le journaliste a abordé l'aspect du prix, il a cité en exemple une firme qui avait découvert un produit révolutionnaire dans le traitement de l'hépatite C. Mes chiffres ne sont pas exacts car j'ai oublié le détail, mais c'était de l'ordre de 84 000 euros prix de vente, alors que le cout de fabrication ne dépassait pas les 2.5 euros. Je suis vraiment trop naïve quand je crois à la bonté de l'homme pour son prochain.

Coupe de cheveux aujourd'hui. Ma coiffeuse a mis un masque.

J'ai utilisé mes masques.

Une étude a montré que les masques chirurgicaux pouvaient, eux aussi, être lavés une dizaine de fois. Allez les gars, tous à la machine. Après nos 2 heures à 60°, tous au soleil. Et pour être certaine de ne pas les utiliser trop de fois, tous au marqueur pour pointer le nombre de lavages.

JOUR277. Les Pays Bas renforcent à leur tour les mesures. La Martinique s'inquiète car les ventes de billets d'avion pour la période Noël explosent. Alors qu'ils sont relativement épargnés, ils vont voir arriver une déferlante de touristes, qui risquent d'oublier le masque au soleil des Antilles. Ici, des véhicules immatriculés dans le département girondin ont été vandalisées, comme pour signifier à ces « envahisseurs » qu'ils n'étaient pas les bienvenus. Notre département avait été épargné lors de la « première vague », mais après le passage des touristes cet été, le nombre de personnes touchées par Covid n'a jamais été aussi catastrophique. Un racisme « pestiféré » refait surface.

Je passé ma commande chez le charcutier.

JOUR278. Notre Président est positif et bien malade. Ttuttun, t'as une vilaine tête ! Décryptage par les médias de la façon dont il a pu attraper « la bête ». Comme si, l'homme ne devait pas tomber malade car il est Le Chef ! Descente du piédestal. Bon allez, soigne toi bien.

J'accompagne Titoun pour les résultats de sa biopsie. J'ai parlé à St Michel. Tout va bien, le médecin est satisfait et renvoie le malade et sa femme dans un espace-temps ultérieur. Merci mon Archange.

J'ai récupéré ma commande chez le charcutier.

J'ai dû déjà vous le dire, je suis d'origine alsacienne par ma maman. Pas une période de Noël sans cuisiner une choucroute. Ce plat familial par excellence, long en préparation, je l'ai appris avec ma grand-mère à mes côtés. « Garde chiourme », mais soucieuse d'une transmission parfaite, elle m'a donné toute sa science que je transmets à mon tour à ma progéniture. Je m'avance en réalisant l'ébouillantage du chou, qui prend du temps et de l'énergie.

Je prépare mes casseroles.

JOUR279. Europe tu vas mal, tu tousses et tu as de la fièvre. L'Italie et l'Autriche se reconfinent. Les gares françaises sont prises d'assaut par ces touristes avides de chaleur familiale en cette période. Les stations de ski de nos voisins qui sont ouvertes, contrairement aux nôtres, sont envahies par les frontaliers français et leurs hôtels font le plein de réservations de dernières minutes. Tant pis !

J'utilise mes casseroles (pas celles que j'ai au cul ! Désolée, il fallait que je la fasse).

Opération commando dans la cuisine. C'est parti pour trois heures. Loin d'être une corvée, je renoue avec mes racines et je sais que mes ancêtres sont autour de moi avec bienveillance. Cela me fait toujours remonter des souvenirs alsaciens, dont je suis fière, car ce sang coule vraiment dans mes veines. Les odeurs montent doucement et envahissent la maison. Les enfants ont refusé d'emporter une gamelle, ils ont souhaité la manger en direct live, en famille. Ok ! Gel, masques, distances de sécurité et bon appétit ! Ce qui me réjouit avec ce plat, c'est le nombre de personnes qui m'ont dit un jour « moi je n'aime pas la choucroute. » Après avoir croisé la route de la mienne, ils ont été convertis ! Bienvenue dans ma secte gourmande, préparée avec tout mon amour ☺ . Après le repas, je prépare les différentes gamelles de mes disciples.

JOUR280. Argghh, le téléphone pro de Titoun sonne. C'est son chef ! Problème au boulot, il faut qu'il reprenne plus tôt que prévu. Tant pis, je finirai les vacances sans toi. Va mon preux chevalier, sauve le monde !

Le temps est aussi triste que le moral de la planète. Nous battons des records de vents, de pluie, de vagues submersions, de risques d'avalanches… « Après la pluie, vient le beau temps », bon alors il faudrait mettre un coup d'accélérateur.

Je prépare mes trèfles.

JOUR281. En France, 17 000 nouveaux cas. Les chiffres sont décidément en dents de scie et jouent avec nos nerfs. Un jour ils sont moindre et donnent de l'espoir et le lendemain, c'est le contraire. En Angleterre, petit raz de marée : une nouvelle mutation de Covid est apparue, avec un taux 70 fois plus élevé de contaminations. C'est un peu comme dans une mauvaise série B : tu te dis « bon il ne peut rien arriver de pire, le scénario est tellement mauvais »… et bien si ! le Covidiste, pardon le scénariste, nous sort une suite bien pourrie et en plus la série n'est pas terminée, on repart pour plusieurs épisodes de merde… heureusement il y a Netflix ☺.

J'ai utilisé mes trèfles.

Avec ma maman, nous avions appris à faire sécher les plantes et fleurs dans des livres pour les conserver. En triant, ceux des cartons de mon petit frère, je suis tombée sur plusieurs trésors, enfouis au cœur des pages. J'ai notamment trouvé des dizaines de trèfles à quatre feuilles, symboles de chance, et je suis enchantée de les avoir découverts☺. J'ai ainsi décidé de la partager avec mes proches. J'ai fabriqué des petites pochettes pour y placer un trèfle. Je vais offrir à noël son lot de bonne fortune, lors de la remise des cadeaux. Et ensuite, je remettrai à chacun un ticket de jeux à gratter… Nous pourrons mesurer l'efficacité des quadruplés ! A moins que « la chance » ne soit pas une histoire d'argent.

JOUR282. Je me suis réveillée à 3 heures ce matin, pétrie de mes anciennes douleurs. Mon fils m'a rappelé un fait que j'avais occulté : après le décès de mes grands-parents, lorsque j'allais passer des vacances dans leur maison, conservée par mon papa, j'étais malade (maux de têtes violents, impossibilité de dormir correctement, maux de dos…) et les médicaments ne faisaient pas effets. A tel point, que je recouvrais la santé une fois éloignée de cette maison. Puisque certaines personnes ont des « dons » que la science n'explique pas, pourquoi ne pas prendre en considération la sensibilité exacerbée de certaines autres ? C'est peut-être ce qui m'arrive avec tous ces évènements récents ? Ne cherchons pas d'explications, le chemin se poursuit et je pousse ma brouette dans ce chemin enlisé.

Je décide d'aller chez Nouchka, à pieds, cela va me défouler. Bon rythme, il fait beau, je ne pense à rien. Je rencontre plusieurs anciens collègues… papotages….

JOUR283. L'Europe ferme ses frontières à l'Angleterre à cause de cette mutation de Covid.

Nous nous sommes encore réveillés à 3h et impossible de se rendormir… Anormalité vite réglée par la Magicienne, encore du monde à la maison. Décidément, l'adresse spectrale est bonne. Sinon, ma raison est-elle encore présente ? Je ne peux plus y réfléchir sereinement, trop crevée.

JOUR284. Depuis hier je gagne en cascade à des jeux concours… seraient-ce mes trèfles ?

J'ai eu la visite des parents de Titoun. Je me suis rendue du compte que l'état de ma belle-mère s'était encore dégradé. Elle avait zappé une information et se mettait en colère. J'ai donc haussé le ton et pris mon beau-père à témoin, pour qu'elle réalise que la faute n'était pas due à ce qu'elle croyait. J'ai mesuré toute la détresse dans le regard de celui-ci, lorsqu'il est allé dans mon sens. En fait, il la protège de ce mal qui prend place dans la tête de sa femme. Au lieu de pouvoir agir et tâcher de freiner celle-ci, il laisse faire, certainement usé par le poids des années. Nous serons alors spectateurs. Finalement, ce sera peut-être mieux qu'elle vive dans son monde où elle ne se rend pas compte de sa déchéance. On dit parfois que les personnes souffrant d'Alzheimer sont heureuses.

Je prépare ma recette.

JOUR285. Au travers des ventes et dons que je fais des objets que je récupère, il m'est donné de rencontrer des personnes très sympathiques. Aujourd'hui, cela a été le cas. J'ai fait la connaissance d'une belle personne, de bonnes ondes, de la gentillesse… Cela suffit à éclairer ma journée.

J'utilise ma recette.

Une de mes belles-filles souhaite apprendre à faire la bûche de Noël. Donc je suis réquisitionnée pour un passage de flambeau. Nous cuisinons masquées et je trouve là un plaisir, car je la considère comme ma fille, de pouvoir lui laisser une empreinte.

JOUR286. Est-ce la période propice au partage de l'amour qui m'envoie des jolis messages ? Ce jour, encore, je fais la connaissance d'une personne très agréable et chargée d'une énergie très positive, tournée vers son prochain. Nous restons ensemble à discuter 30 minutes, pour nous apercevoir que notre chemin de vie se recoupe en bien des points. Ce qui est enrichissant avec cette période, c'est que seuls nos regards traduisent nos émotions et finalement on se « voit » enfin.

Des cas du nouveau Covid se disséminent en Europe. Des routiers passent leur Noël coincés sur le territoire britannique. La grippe aviaire s'est faufilée aussi et des abattages massifs d'oiseaux sont organisés. Ah fichu 2020.

Je prépare mon couteau.

JOUR287. Nous fêtons le Noël familial. Premier repas chez mon fils aîné, c'est lui qui a cuisiné… « Comme il est bô, c'est mon fils ! » Très grande table à rallllllonge, masques de rigueur, une seule personne fait le service et gel à portée de main. Joyeuses fêtes tout de même, être ensemble, ici, Maintenant. Je donne à chacun son lot de trèfles à quatre feuilles. Je suis très touchée de voir leur réaction, impatients lors de mon petit discours, mesurant l'importance de ce cadeau qui a traversé les époques, et trouvé par hasard. Merci Maman. Avec, je leur remets le jeu de hasard à gratter, afin de mesurer l'efficacité des trèfles ☺ . Pas de millionnaire, mais des vainqueurs !

J'ai utilisé mon couteau.

J'ai apporté, dans ma besace, des endives de mon potager pour les partager ensemble. J'ai coupé aussi des feuilles de cette plante qui a le goût d'huitre. Je suis auto satisfaite de mes expériences spéciales confinement.

JOUR288. La tempête est à nouveau sur nos têtes. Il pleut, il mouille et cela m'étonnerait que ce soit la fête de la grenouille. La neige a fait son apparition à portée de vue.

Drôle de période : encore plusieurs gains à des jeux, encore une personne hors du commun et son mari rencontrés... Bonheurs simples, je vous accueille avec plaisir.

Nous avons dépassé les 62 000 décès en France. Le vaccin serait-il notre seule solution ?

Je me régale à découvrir des CD de mon frère que j'ai mis de côté, bonne musique dans la maison, ça couvre les acouphènes que j'ai de plus en plus fréquemment.

JOUR290. Les premières personnes sont vaccinées dans notre pays. Cela concerne des « volontaires » dans des EHPAD. Pour le gros des troupes, il faudra attendre le second semestre 2021.

Il est tombé 30 litres d'eau au m2 ici, la grêle et les orages en plus. Cette perturbation qui traverse l'hexagone place 81 départements en vigilance orange, plutôt exceptionnel. Un grand merci à Mr Changement Climatique. La marche me manque, je me sens comme le poisson rouge du bocal : je regarde tristement à travers la vitre. Zut, j'ai des choses à faire dehors ! Que l'on range les bâtons de pluie. J'ai oublié d'acheter du soleil pour en faire cadeau à Noël, à la planète ! Allez, je vais faire chauffer la carte bleue pour y remédier, espérons que l'on ne soit pas en rupture de stock ☺ .

JOUR291. Une pensée pour toutes les personnes qui travaillent en extérieur, couvrez-vous bien avec ce vent, ce froid et cette pluie !

Panne d'électricité dans le quartier, pendant plusieurs heures… On l'appelle la « fée électricité », je sais pourquoi ! Par contre mon congélateur ne s'en remet pas, les voyants clignotent de partout… pas de panne s'il te plait, tu es plein de denrées périssables et précieuses. Ça va aller ☺, tu verras.

L'état réfléchit à des solutions pour éviter un reconfinement généralisé, encore ! Cela pourrait-être un couvre-feu à partir de 18 heures, pour les zones où le taux de nouveaux contaminés est supérieur aux « normes ».

Administrativement, notre pays est au top niveau :

- réponse de mon opérateur suite à la lettre recommandée que j'ai dû envoyer : la moitié de mes demandes est prise en considération…je te réécris, car je sais que tu m'aimes Amoureux secret.

- dossier hôpital, c'est moi qui suis obligée de dire à la personne en charge de mon dossier au service juridique ce qu'elle devrait faire …tu as lu en travers TOUTES les informations que tu m'as demandé de te transmettre.

- pour refaire la carte grise du véhicule de mon petit frère, j'en suis au énième document à transmettre au service…. Au lieu de me demander TOUS les papiers nécessaires en une seule fois. Vas-y justifie ton emploi dématérialisé, je préférais la vraie personne en chair et en os avec qui on échangeait en une seule fois et qui ne me faisait pas perdre du temps et de l'énergie dans la longueur de démarches épisodiques.

Je sais : je n'ai que ça à faire !

JOUR292. J-2… vous croyez que le changement d'année va nous être bénéfique ? Pas de question à se poser, pas de réponse à chercher : vivons simplement au jour le jour.

Plus de 26 000 nouveaux cas.

J'ai changé ma façon de faire : je fais du sport intellectuel ☺ . Pour varier de mon itinéraire habituel avec mon vélo d'appartement, j'ai décidé d'emprunter le chemin de la culture littéraire. Désormais, je pédale en lisant. Je me demande si cela ne facilite pas mon effort, car en me concentrant sur mon bouquin, il me semble plus aisé d'avancer. Vive le sport !

JOUR293. J-1… Aujourd'hui c'est l'anniversaire de mon papa et de son frère jumeau. Atteints de la même maladie, mon oncle a pu rester chez lui, entouré par une vie sociale riche et ma cousine médecin, qui lui donne des compléments alimentaires diverses et variés. Je téléphone, glisse quelques âneries pour capter son attention et le faire rire. Je me rends vite compte de l'évolution de la maladie et retrouve les traits communs de celle de mon père, qui lui est décédé depuis bientôt 3 ans. Je repense à ce reportage sur le village Alzheimer construit dans les Landes et qui fait ses preuves. J'y ai vu un homme de mon âge, atteint par une forme fulgurante depuis ses 53 ans. Notre société se glorifie de prolonger la vie grâce aux progrès de la médecine, entre autre. Mais elle est loin de faire face à une bonne prise en charge de « «ces» ou «ses» vieux ». La vieillesse n'est pas une maladie, mais un caillou dans le soulier de nos dirigeants.

Je me change les idées et profite d'une accalmie pour sortir mes pieds dans leurs chaussures de marche et descends jusqu'à la mer. J'admire la houle encore active, je respire les embruns. Mais je rebrousse vite chemin car l'esplanade est remplie de monde, comme en été et en majorité démasqué.

JOUR294. Bonne année Covid ! 2020 a été TON année et je crois que l'on va t'accorder au moins le premier semestre 2021, pour que tu t'amuses encore. Mais il faudrait être un peu raisonnable et nous laisser un peu respirer, donc profite et fous nous la paix !

Nous dépassons les 65 000 décès en France, No comment ! En Angleterre la contamination va bon train. Les rugbymen de l'Aviron Bayonnais sont bien contaminés à la nouvelle mutation du virus, suite à leur rencontre contre les anglais. Donc il est parmi nous, redoublons de prudence.

C'est d'ailleurs avec une grande prudence qu'une rêve party a été organisée dans un petit village de notre beau pays. Elle a réuni plus de 2 000 personnes, venues de toute l'Europe. J'ai bien reconnu Covid qui s'amusait comme un petit fou au milieu des festayres, qui ont renvoyé dans leurs 22 les hommes en bleu, impuissants face au nombre. Ah, moi aussi je rêve, mais pas de cette partie du monde ! Cette réalité qui dépasse ma fiction, n'est vraiment pas la mienne.

JOUR295. Petit tour chez les parents de Titoun pour récupérer des cartons. Je suis agréablement surprise : il n'y en a plus. J'ai terminé ma tournée découverte. Enfin ! Maintenant je vais classer et ranger.

Nous mesurons pendant ces quelques heures, le « délabrement » de ma belle-mère. Titoun se demande s'il ne devrait pas aborder le sujet avec son papa, parfaitement conscient de la situation. Je ne suis pas convaincue, mais au moins il verra que nous « savons », et que s'il veut agir ou de l'aide, nous sommes là.

Aujourd'hui, plus de 20 000 nouveaux cas dans l'hexagone. Aux USA, c'est l'hécatombe. On rend hommage aux morts, mais le confinement dans beaucoup d'états n'est pas respecté, comme nous le raconte cet ami qui revient de Floride. Ils se vaccinent, alors dépêchez-vous les gars !

JOUR296. Réunion avec les garçons autour du projet de la future salle de sport. Heureusement que celui-ci a pris du retard, car si nous avions ouvert, comme prévu, en septembre, ce serait une catastrophe puisque le sport en salle est toujours interdit. D'ailleurs, impossible d'avoir un prêt bancaire auprès de tous les organismes contactés (même avec toutes les garanties nécessaires), « pas d'argent pour le sport ». Certaines banques nous ont fait remplir des tonnes de paperasses et ne nous ont donné aucune réponse. Vous aviez peur que je m'ennuie ?

JOUR297. Je commence la deuxième étape des cartons de mon frère : le classement. J'ordonne, pour mieux ranger et y voir plus clair. J'ai récupéré une petite table de nuit qui va me servir de petit meuble dans la salle de douche, que nous rénovons. Je vais réfléchir à ma customisation.

Une des personnes avec qui j'ai sympathisé récemment sur les ventes, m'a téléphoné ce matin. Enchantée de son acquisition, elle voulait me remercier. Du coup, nous avons papoté.

Je prépare mes pinceaux et la peinture.

JOUR298. SOS England ! Face à la virulence de la nouvelle souche mutante, reconfinement et mesures drastiques. Covid fait des ravages là-bas et les chiffres s'envolent. L'Europe, la bonne vielle copine, s'inquiète et est aux aguets, cadeau du Brexit !

Je n'ai pas utilisé mes pinceaux et la peinture.

Non, c'est Titoun qui s'y colle ! Il en avait tellement envie, que je n'ai pas eu le cœur de lui refuser. En rentrant du travail le soir, il se délasse en peignant la nouvelle douche installée, cela donnera un coup de jeune…. fait par un vieux ☺ .

Je prépare ma voiture.

JOUR299. Une association a ramassé les mégots dans plusieurs grandes métropoles de France et d'Allemagne, en juillet de l'année passée. Provenant des égouts de nos villes, après avoir cheminé le long des caniveaux, ils finissent leur bain à la mer et s'échouent sur le sable. Ils ont ramassé l'équivalent de 5 kilomètres de bout de cigarettes, plus haut que le Mont Blanc et la Tour Eiffel réunis ! Imaginons un peu comment nous sommes les pourvoyeurs mortels de notre planète. Fumez si vous voulez, mais jetez vos mégots dans un lieu approprié, des animaux nagent dans nos océans. « Vis ma vie » : allez faire du nettoyage de plage une fois dans votre vie, vous serez abasourdis. Ne salopez pas la terre que nous partageons.

J'ai utilisé ma voiture.

Pour mettre en vente mon véhicule, une réparation nécessaire, m'a entrainé chez le garagiste. Devis (payant), réparation (t'es sérieux ? tu te fous de moi !), prévision 1 heure (toi aussi tu m'aimes et tu me gardes 2 heures avec toi), récupération du véhicule (pourquoi tu as laissé tes empreintes dégueulasses sur ma carrosserie blanche ? tu veux un chiffon ou je transforme ma caisse en Porsche pour avoir ta considération ?). Je suis de bonne humeur ☺ Merci les gars !

JOUR300. Comment peut-on faire pour être aussi égoïste, incontrôlable, irréfléchi, irrespectueux, mauvais joueur...Monsieur le Président des USA tu as appelé tes supporters à rejeter les résultats de l'élection et à marcher sur le Capitole. Tu as vu : il y a 4 morts à cause de TOI. Tu as oublié qu'à cause de ta gestion de Covid il y a plus de 3900 décès. Les hôpitaux sont tellement débordés dans certains états, qu'il a été demandé aux sauveteurs de ne plus secourir les plus touchés ou ceux qui ont le moins de chance de survie. Décidément, ils sont trop forts ces américains !

En France, on compte plus de 25 000 nouveaux cas et des personnes touchées par la variante anglaise commencent à être dénombrées.

Bon oublions ça, il fait soleil. Marche avec Nouchka, tour réduit pas les inondations encore présentes. Et ce n'était pas prévu, mais j'en profite : *je prépare ma ponceuse.*

Le dos chauffé par les rayons de l'astre réconfortant, je sors le petit meuble qui vient de chez mon frère et que nous avons choisi pour équiper notre salle de douche, désormais relookée. Je le ponce pour pouvoir lui donner la seconde jeunesse dont je serai fière, et qui me fait oublier les turpitudes de notre monde. Le cardiologue qui m'a mis un jour sur la route des travaux manuels a vu juste : les mains occupées, esprit libéré !

Je prépare mon huile de lin et ma peinture.

JOUR301. Le nombre de départements qui repassent en zone rouge, suite au taux d'incidence, augmente. 26 000 nouveaux cas.

J'ai utilisé mon huile de lin, mais pas ma peinture.

Je passe le précieux onguent sur les deux parties des veines du bois les plus splendides et que je tiens à préserver. Le résultat est magnifique. Cela donne l'impression que l'on peut y suivre les lignes de vies de ce bois, qui a donné son existence pour ce meuble. Je peindrai une fois que mon huile aura pénétré, pour ajuster la teinte de la peinture.

JOUR302. Un cas de la nouvelle variante a été constaté sur une personne qui ne revient pas d'Angleterre, dans ma ville de naissance. Fait bizarre : cela m'a soulagée de me dire que mon frère ne risque plus rien de ce côté-là.

Les réseaux sociaux ont fermé les comptes du président des USA, jugés trop subversifs… un peu tard les gars, le mal est fait !

J'ai fait un tour de sauge purificatrice dans la maison et j'ai placé une coquille saint Jacques sous le lit, en prévention. Qui l'eu crût venant de moi ?! Je me range derrière l'étendard de « l'inexplicable, mais je te suis ». On m'a prévenue, cela ne plaira pas forcément aux « colocataires ».

Je prépare ma peinture.

JOUR303. La neige reste bien présente sur nos sommets environnants. L'hiver est confortablement installé. Les stations de skis sont toujours privées de remontées mécaniques. C'est drôle l'effet que me procure la neige, elle me donne envie de dévaler les pentes. C'est une envie viscérale, que je ne peux expliquer. Comme celle des fêtes de Bayonne, lorsque je vois les gens habillés en blanc et rouge, j'ai cette même sensation forte : je dois y aller. Je crois que ce que je ressens, c'est un peu comme si je passais à côté de quelque chose d'important. L'impression de ne pas profiter d'un instant de vie agréable, mais nécessaire. No comment je vous prie !

J'ai utilisé ma peinture

Yessss ! Trop contente de moi ! J'ai fait un mélange de couleurs avec plusieurs pots et le résultat après séchage est bluffant. Il est beau comme tout ce petit meuble. Je vais remettre à l'intérieur ce que j'y avais découvert : une bible. Et pourtant, athée ou agnostique, mon frère l'y avait mise ou laissé ? Je fais de même.

Réaction cette nuit de l'effet « coquille ». Eveillée, j'ai bien senti sa présence, son souffle froid sur ma joue et son doigt dans l'œil. On dirait que mon lit ne t'est plus réservé et que tu n'as pas apprécié. Mais tu viens me titiller…Ce matin, petit tour de sauge un peu plus tenace pour interdire l'accès à la chambre.

En écrivant ces lignes, je me dis que je vais passer pour une déglingos du ciboulot. Moi qui suis si cartésienne, je dis toujours que je ne crois que ce que je vois, et là je me range à ma raison et je sais que je ne la perds pas. Bienvenue dans une autre dimension !

JOUR304. Un variant brésilien vient rejoindre l'équipe Covid. Et bla, bla, bla, bla, bla, bla, bla, bla….

Epilogue

Voici plusieurs années que cette fable a commencé. Où est le début ? Y a-t-il une fin ? Quel est l'état de notre monde ? Dans quel état sommes-nous ?

Les « spécialistes » disent que notre société entre dans une période de changement radical.

Le confinement et ses conséquences ont entrainé une remise en question de nos modes de fonctionnement. Des personnes ont décidé de choisir une autre vie. Covid tu es l'instrument de beaucoup de choses. L'enrichissement des uns, la folie des autres ; la sérénité de certains, l'espoir des autres ; la solidarité ou la solitude… tu nous as laissé des traces indélébiles. La preuve : tu es toujours présent, sous-jacent et lorsque ton nom ressurgit au détour d'une information, le frisson parcours à nouveau notre dos. Nous avons pris un virage à cause de toi. Mais certains ont dû faire une sortie de route, car il y en a au moins un qui s'est réveillé un matin en se disant : « et si on jouait à la guerre ? Je serai le plus fort du monde et on tremblera devant moi… beaucoup plus que face à toi Covid. »

Une folie douce a rempli ces pages et pourrait continuer à le faire. Mais changeons ce temps de lecture en :

« - Moteur. Action. Je suis l'acteur de ma vraie vie. »